Julia Heywood
Barfuß zur Erleuchtung

SPHINX

julia heywood

Barfuß zur Erleuchtung

Aus dem Amerikanischen übersetzt
von Marion Zerbst

SPHINX

Die Originalausgabe dieses Buches erschien 2007 unter dem Titel *The Barefoot Indian* bei O Books/ John Hunt Publishing Ltd., Hampshire, UK

FSC
Mix
Produktgruppe aus vorbildlich bewirtschafteten Wäldern und anderen kontrollierten Herkünften
Zert.-Nr. SGS-COC-1940
www.fsc.org
© 1996 Forest Stewardship Council

Verlagsgruppe Random House FSC-DEU-0100
Das für dieses Buch verwendete FSC-zertifizierte Papier *Munken Premium* liefert Arctic Paper Munkedals AB, Schweden.

Bibliografische Information der Deutschen Bibliothek

Die Deutsche Bibliothek verzeichnet diese Publikation in der Deutschen Nationalbibliografie; detaillierte bibliografische Daten sind im Internet unter http://dnb.ddb.de abrufbar.

Umschlaggestaltung: Any.way, Barbara Hanke & Cordula Schmidt unter Verwendung eines Motivs von gettyimages
Satz: Fotosatz Reinhard Amann, Aichstetten
Druck und Bindung: GGP Media GmbH, Pößneck

ISB: 978-3-7205-9010-5

INHALT

Hast du schon einmal etwas erlebt, wovon du wusstest,
dass es dein Leben für immer verändern würde …?

DIE FIRMA

Als ich auf die folgende Annonce antwortete, war mir klar, dass mein Leben sich dadurch für immer verändern würde.

DRINGEND MESSIAS GESUCHT!

Da immer mehr Menschen auf der Suche nach dem Sinn des Lebens sind, haben wir oben genannte Stellung zu vergeben.

Sie werden ein abwechslungsreiches, manchmal allerdings auch schwieriges Aufgabengebiet übernehmen. Doch Ihr Einsatz wird reichlich belohnt werden.

Berufserfahrung unnötig – Sie erhalten eine gründliche Ausbildung.

Ein gewisser Sinn für Humor wäre von Vorteil.

Wir bieten allen Bewerbern die gleichen Chancen.

Jeder kann sich auf dieses interessante Stellenangebot bewerben.

Bitte mailen Sie nähere Angaben zu Ihrer Person an: JC@I-am.org.uk, dann senden wir Ihnen gerne ein Bewerbungsformular zu.

Alle Bewerbungen werden streng vertraulich behandelt.

Messias! Du meine Güte! Solche Aufstiegsmöglichkeiten haben meine Berufsberater in der Schule nie erwähnt, dachte ich. Das soll wohl ein Scherz sein. Ich fand dieses Stellenangebot schon ziemlich skurril. Aber meine Neugier war stärker, also mailte ich der Firma die gewünschten Angaben zu meiner Person und erhielt postwendend ein Bewerbungsformular. Dieses füllte ich nach bestem Wissen und Gewissen aus, hatte dabei allerdings das Gefühl, keinen besonders guten Eindruck hinterlassen zu haben. Wahrscheinlich war ich keine geeignete Kandidatin für diesen verantwortungsvollen Job.

Bewerbungsformular für die Position eines Messias

Bitte beantworten Sie alle Fragen so ehrlich wie möglich!

Alter: *42*
Geschlecht: *weiblich*
Qualifikationen: *keine*
Bisherige Leistungen: *keine*
Glauben Sie, dass das Leben besser sein könnte, als es ist? *Und ob!*
Worin besteht der Sinn des Lebens? *Keine Ahnung*
Glauben Sie an Gott? **Ja!*
Was halten Sie von der Menschheit? *Die weiß genauso wenig wie ich, wo's langgeht.*
Was täten Sie, wenn jemand Sie um Hilfe bäte? *Davonlaufen*
Wenn Sie irgendetwas für die Welt tun könnten – was wäre es? *Ich würde einfach alles so lassen, wie es ist.*
Beurteilen Sie andere Menschen? *Ja, ständig.*
Wissen Sie, wer & was alles Leben auf der Welt ermöglicht? *Habe noch nie darüber nachgedacht.*
Sind Sie ruhig, gelassen & still? *Niemals.*
Können Sie Kranke heilen? *Hab's noch nie versucht.*
Können Sie übers Wasser gehen? *Wahrscheinlich nicht.*
Wenn 5000 Menschen etwas zu essen bräuchten – was würden Sie tun? *Bei McDonalds anrufen.*
Mögen Sie Ihre Nachbarn? *Ja – wenn sie ihre Stereoanlage nicht zu laut aufdrehen.*
Warum möchten Sie diesen Job gern haben?
Ich könnte jetzt schreiben, dass ich ein rücksichtsvoller, mitfühlender Mensch bin, der seine Mitmenschen liebt und dem das Schicksal der Welt am Herzen liegt. Aber das wäre gelogen. In Wirklichkeit brauche ich einfach nur dringend Geld! Und das wächst nun mal leider nicht auf Bäumen – aber in Ihrer Firma ist das vielleicht anders …

Vielen Dank. Bitte mailen Sie dieses Formular zurück.

**In Anbetracht der Arbeitsplatzbeschreibung hielt ich es für besser, diese Frage mit Ja zu beantworten.*

Da war es nun, das fertig ausgefüllte Bewerbungsformular. Als ich nervös auf Senden klickte, war ich mir immer noch nicht sicher, ob diese Stellenanzeige überhaupt ernst gemeint war. Na ja, zumindest wollten sie kein Geld von mir. Nachdem ich die Mail abgeschickt hatte, schob ich den Gedanken an diese seltsame Begebenheit beiseite und begann einen Stapel Wäsche zu bügeln.

Nach zwei Wochen hatte ich immer noch keine Antwort, aber vermutlich waren Tausende von Bewerbungen bei der Firma eingegangen. Oder vielleicht spielte ich jetzt eine ziemlich unrühmliche Rolle in einer Fernsehsendung, die am 1. April ausgestrahlt würde!

Nach drei Wochen hatte mein Warten schließlich ein Ende. Ich fand eine Antwort-Mail in meinem Posteingang.

> Sehr geehrte Bewerberin,
> Vielen Dank für Ihre Bewerbung auf die ausgeschriebene Stellung eines Messias.
>
> Nach Durchsicht Ihres Bewerbungsformulars sind wir der Meinung, dass Sie als Kandidatin für den Posten infrage kämen, und haben Sie daher in die engere Wahl gezogen.
> Wir würden gerne am Sonntag, den 8. März, um zwölf Uhr mittags ein Gespräch mit Ihnen führen.
> Bitte bestätigen Sie uns, ob dieser Termin Ihnen passt.
> Wir teilen Ihnen dann unsere Anschrift und die genaue Beschreibung der Räumlichkeiten mit, in denen das Vorstellungsgespräch stattfinden wird.
>
> Mit freundlichen Grüßen,
> J. C.
> Geschäftsführer
>
> PS: Sie brauchen nichts mitzubringen außer sich selbst.

Der 8. März war mein Geburtstag und Sonntag war überdies ein ungewöhnlicher Tag für ein Vorstellungsgespräch. Bisher hatte ich immer geglaubt, Sonntage wären Ruhetage. Trotzdem bestätigte ich den Termin und erhielt postwendend per E-Mail Adresse und genaue Ortsangabe für das Gespräch. Ich machte mich am 8. März auf den Weg dorthin. Mir war zwar immer noch nicht ganz klar, worauf ich mich da eigentlich einließ, doch die Neugier war eindeutig stärker als alle Zweifel.

An diesem Tag stand ich zeitig auf, denn natürlich will man so gut wie möglich aussehen, wenn man zu einem Vorstellungsgespräch geht. Ich brauchte zwei Stunden, um mich fertig zu machen, und vier Stunden, um an den vereinbarten Ort zu kommen. Ich staunte über die Größe des Gebäudes – es war das gigantischste Hochhaus, das ich je gesehen hatte. Dann betrat ich die Eingangshalle und studierte den Gebäudeplan, um zu sehen, wo sich das Büro der »ICH-BIN GmbH« befand. Es war im obersten Stock mit dem Namen »Suite ohne Grenzen«.

So viele Treppen konnte ich unmöglich hochsteigen, also nahm ich den Fahrstuhl. Mein Magen rebellierte. Worauf lasse ich mich da nur ein?, dachte ich. Ich habe doch keine Ahnung, was das für Leute sind, womöglich sind es sogar Psychopathen! Endlich hielt der Fahrstuhl, höher hinauf ging es auch wirklich nicht mehr. Die Tür öffnete sich. Auf in den Kampf, sprach ich mir Mut zu, trat einen Schritt vor und sah mich um. Da war tatsächlich eine Tür mit der Aufschrift »Suite ohne Grenzen«. Ich ging darauf zu und wollte anklopfen; doch in diesem Augenblick öffnete sie sich von selbst. Als ich die Suite betrat, traute ich meinen Augen nicht.

Vor mir lag das feudalste Büro, das ich je gesehen hatte. Helles Sonnenlicht schien durch die Fenster herein. Jeder Winkel des Büroraums, der sehr geräumig, hell und luftig war und in dem ein leichter Jasminduft hing, verströmte Luxus und Komfort. Eine Atmosphäre der Ruhe und Stille erfüllte den Raum. Hier fühlte ich mich auf Anhieb wohl.

Am hinteren Ende saßen ein paar Leute an einem riesigen Tisch, aber sie waren so weit weg, dass ich sie nicht genau erkennen konnte.

»Bitte treten Sie näher«, rief eine Stimme vom Tisch her. »Schön, dass Sie gekommen sind!«

Als ich näher kam, konnte ich die Leute besser erkennen und mir fiel im wahrsten Sinn des Wortes die Kinnlade herunter, denn rund um den Tisch saßen lauter Propheten, Wunderheiler, Weise, spirituelle Lehrer, Erleuchtete, Gurus – wie auch immer man sie nennen will, der Raum war voll davon! So etwas hatte ich noch nie gesehen.

Doch als ich bei dem riesigen Besprechungstisch angekommen war, schien sich meine ganze Angst und Nervosität in nichts aufzulösen. Diese Menschen strahlten ein ungeheures Mitgefühl aus. In ihren Augen lag eine unendliche Tiefgründigkeit und ihr Lächeln wirkte so beruhigend wie der Sonnenaufgang, der mich jeden Morgen aus dem Schlaf weckte. Ich fühlte mich wie zu Hause. Zum ersten Mal in meinem Leben hatte ich das Gefühl, an einen Ort gelangt zu sein, wo ich wirklich hingehörte.

»Bitte nehmen Sie Platz«, sagte J.C., der Geschäftsführer, der am oberen Ende des Tisches saß. »Wir freuen uns sehr, dass Sie heute zu uns gekommen sind. Ich will Ihnen unser Stellenangebot kurz erläutern. Die Position eines Messias kann man nur erreichen, wenn man ein intensives Trainingsprogramm absolviert. Das ist kein leichter Weg. Und wenn Sie sich einmal dafür entschieden haben – jetzt und hier –, dann gibt es kein Zurück mehr. Ist Ihnen das klar?«

»Äh … ja«, antwortete ich zaghaft.

»Das höchste Ausbildungsziel zu erreichen, wird nicht immer einfach sein. Es hängt alles von Ihnen als Praktikantin ab. Die Ausbildung kann sehr anstrengend sein. Manchmal werden Sie sich vielleicht wünschen, Sie hätten die Finger davon gelassen – aber das gehört dazu. Sobald Sie das Gefühl haben, bereit dafür zu sein, müssen Sie ein Examen ablegen. Aber Sie werden auch während Ihres Praktikums ständig beurteilt und benotet. Wenn Sie das Examen bestehen, erhalten Sie das Messias-Zertifikat. Dann haben Sie alles gelernt und verstanden, was Sie wissen müssen.

Um Ihnen dabei zu helfen, das Ziel zu erreichen, werden wir Ihnen eine Frau zur Seite stellen, die all das, was noch vor Ihnen liegt, bereits erlebt hat. Sie wird immer für Sie da sein, sobald Sie sie um Hilfe bitten. Ihre Weisheit ist grenzenlos. Auch wir von der Hauptverwaltung werden in regelmäßigen Zeitabständen mit Ihnen Verbindung aufnehmen, um Sie in die richtige Richtung zu weisen, wenn es erforderlich ist. Fokussieren Sie sich nur immer auf Ihr eigentliches Ziel, die Beförderung zum Messias. Wenn Sie dieses Ziel erreichen, werden Ihre Bemühungen reicher belohnt werden, als Sie sich vorstellen können.«

Klingt eigentlich ganz gut, dachte ich, obwohl ich keine Ahnung hatte, wovon der Mann redete.

Während wir noch am Tisch saßen und uns miteinander unterhielten, kam das Essen. So ein opulentes Mahl war mir noch nie aufgetischt worden und es schmeckte köstlich. Das Essen schien sich aus dem Nichts heraus materialisiert zu haben. Jedenfalls sah ich nirgendwo einen Catering-Service – aber in der eigenartigen Gesellschaft, in der ich mich hier befand, schien schließlich alles möglich. Dann stand plötzlich die schönste Frau vor mir, die ich je gesehen hatte. Sie hatte endlos langes, schwarzes Haar, das leuchtete wie Seide, wenn das Sonnenlicht sich darin spiegelte, und ihr Gesicht war von einem makellosen Olivbraun. Noch nie hatte ich eine Frau von so atemberaubender Schönheit gesehen. Ich konnte den Blick kaum von ihr wenden.

»Hallo«, sagte sie und kam auf mich zu. »Ich bin die Barfüßige Indianerin. Ich werde deine Trainerin sein.«

Ihre Stimme klang herzlich und doch strahlte sie eine gewisse Bestimmtheit und Autorität aus.

»Freut mich, dich kennenzulernen«, sagte ich und warf einen raschen Blick auf ihre Füße. Sie hatte tatsächlich keine Schuhe an, trug aber dafür ein hübsches, mit Türkisen besetztes Fußkettchen.

»Ich werde immer bei dir sein, sobald du mich brauchst«,

fuhr sie mit liebenswürdiger Stimme fort. »Du brauchst lediglich an mich zu denken, und schon bin ich da. Ich werde dir alle Fragen beantworten, aber meine Antworten musst du selbst entschlüsseln. Hast du derzeit irgendwelche Fragen an mich?«

»Ja«, sagte ich, »wenn du meine Frage nicht für indiskret hältst: Warum nennt man dich die Barfüßige Indianerin? Trägst du nicht gern Schuhe?«

»Es ist eine Stammestradition bei den nordamerikanischen Indianern, dass Eltern ihr Baby danach benennen, was sie im Augenblick der Geburt als Erstes sehen«, erwiderte sie und lächelte. »Ich war eine schwere Geburt und kam mit den Füßen zuerst auf die Welt. Also sah mein Vater als Erstes meine nackten Füße aus dem Leib meiner Mutter ragen, deshalb nannte er mich Barfüßige Indianerin.«

Was für ein reizender Brauch, dachte ich und überlegte mir, was meine Eltern bei meiner Geburt wohl als Erstes gesehen hatten. Mit Schrecken dachte ich daran, wie ich heute hätte heißen können: vielleicht »Pfeife im Aschenbecher« oder »schiefes Bild an der Wand«. Aber bei den Indianern klingt natürlich immer gleich alles viel malerischer.

Ich kehrte mit meinen Gedanken ins Hier und Jetzt zurück. Die Barfüßige Indianerin verschwand so schnell wieder, wie sie gekommen war. Ich war sicher, dass ich noch viele Fragen an sie haben würde.

Doch vorläufig blieb ich sitzen und unterhielt mich mit den sympathischen Menschen an dem großen Besprechungstisch. Seit einer Ewigkeit hatte ich mich nicht mehr so locker und entspannt gefühlt. In der Gegenwart dieser Leute fühlte ich mich rundum wohl, so wie noch nie zuvor in meinem Leben. Ich hatte das Gefühl, dass es überhaupt keine Rolle spielte, wie ich aussah oder was für einen Unsinn ich daherredete – diese Leute verurteilten mich nicht. Ich hatte sogar den Eindruck, dass sie irgendwelche Qualitäten in mir erkannten, die mir bisher verborgen geblieben waren.

»Dieses Büro ist wirklich wunderschön. Werde ich hier arbeiten, wenn ich zum Messias befördert werde?«, fragte ich.

Ein untersetzter kleiner Mann, der mit geschlossenen Augen und gekreuzten Beinen in der Zimmerecke saß und eine Yoga-Position einzunehmen schien, bei deren bloßem Anblick mir sämtliche Gliedmaßen wehtaten, antwortete: »Ja, natürlich!«

»Und warum habt ihr euch so ein riesiges Gebäude als Hauptverwaltung ausgesucht?«, fragte ich weiter.

Da stand J. C. auf, trat ans Fenster und winkte mich zu sich hinüber.

»Dieses Gebäude ist perfekt, es kommt nur auf die Perspektive an«, sagte er.

»Wie meinst du das?«, fragte ich neugierig.

»Das ganze Leben ist eine Frage der Perspektive. Deine Sichtweise bestimmt, was du erlebst. Wir hier oben betrachten die Welt aus einer ganz anderen Perspektive«, fuhr er fort. »Wir können hinunterschauen und beobachten, was da unten so alles passiert. Schau dir beispielsweise die Frau da drüben im Park an.«

Meine Blicke folgten seinem ausgestreckten Zeigefinger, und ich sah in weiter Ferne eine Frau in einem Park, die ganz offensichtlich bekümmert war.

»Sie ging gerade mit ihrem Hund spazieren, da riss er sich plötzlich von der Leine los und lief fort. Jetzt ist sie unglücklich, weil sie ihren geliebten Hund nicht wiederfindet. Aber von hier oben können wir genau erkennen, wo er ist.«

Wieder folgte ich mit den Augen seinem Finger, und tatsächlich: Einen knappen Kilometer von der Frau entfernt stöberte der Hund im Gebüsch herum.

»Für uns ist der Hund nicht verloren, weil wir das ganze Bild im Blick haben. Wenn die Frau das Gleiche sehen könnte wie wir, wenn sie die Welt aus unserer Perspektive betrachten würde, wäre sie dann immer noch unglücklich?«

»Natürlich nicht. Dann würde sie einfach zu ihrem Hund gehen und ihn wieder an die Leine nehmen«, sagte ich.

»Genau! Sie braucht also nur ihre Perspektive zu ändern, sich das ganze Bild vor Augen zu halten – dann hat sie keinen Grund mehr, sich zu sorgen, denn in Wirklichkeit ist ihr Hund gar nicht weggelaufen. Er ist immer noch da.«

»Aber wie soll sie ihre Perspektive ändern?«, fragte ich.

»Sie braucht nur zu akzeptieren, dass es eine andere Sichtweise gibt, auch wenn es ihr vielleicht nicht gleich gelingt, diesen anderen Standpunkt einzunehmen. Indem sie diese Sichtweise für möglich hält, zieht sie sie automatisch an.«

Eigentlich logisch, dachte ich. Vielleicht werden meine Gebete deshalb nie erhört. Wenn ich in meinen verzweifeltsten Augenblicken versuche, zu einem höheren Wesen zu beten, sieht dieses Wesen meine Situation mit ganz anderen Augen als ich. Aus seiner Perspektive sieht die Welt einfach anders aus.

Ich blieb eine Weile am Fenster stehen und blickte auf die Welt hinunter. Den Leuten, die da unten herumwuselten wie Ameisen, war gar nicht bewusst, dass es auch noch einen anderen Blickwinkel gab. Aus meiner Perspektive schien die Welt unendlich groß und voller unbegrenzter Möglichkeiten zu sein und von ihrem Blickwinkel aus konnten sie nicht einmal über ihre eigene Nasenspitze hinausschauen. Mir fiel auch auf, dass ich von meinem Standpunkt aus genau erkennen konnte, wo eine Person herkam und wo sie hinwollte. Wenn ich den Leuten beschreiben würde, was ich von hier aus alles sehe, hielten sie mich für eine Hellseherin, dachte ich. Der Gedanke belustigte mich.

Ich ging an den Tisch zurück und aß ein paar Früchte. Sie schmeckten ganz anders als jedes Obst, das ich bisher gegessen hatte. Man merkte, dass sie nicht im Supermarktregal gelegen hatten.

»Darf ich dir eine Frage stellen?«, wandte ich mich an J.C.

»Jederzeit«, antwortete er.

»Wozu braucht ihr eigentlich eine Praktikantin? Schließlich könnte doch einer von euch in die Welt hinausgehen und die Rolle dieses Messias übernehmen. Ihr besitzt viel mehr Erfahrung, als ich je haben werde.«

»Unterschätze dich nicht. Aber um deine Frage zu beantworten – jemand von uns hat einmal gesagt: ›Man kann nicht zweimal über dasselbe Wasser wandeln.‹ Das Leben bietet unendlich viele Erfahrungsmöglichkeiten, sobald man eine Erfahrung gemacht hat, geht man zur nächsten weiter. Man kann immer nur vorwärtsgehen, niemals rückwärts.«

»Aber dir ist doch bestimmt auch schon aufgefallen, dass auf der Welt furchtbare Gräueltaten in eurem Namen begangen werden und dass manche Leute behaupten, es gebe heilige Kriege, weil ihr das so wollt. Wäre es denn nicht sinnvoll, diese Angelegenheit endlich einmal klarzustellen?«

»Nur die Schwachen und Ängstlichen haben es nötig, einen Krieg im Namen von jemand anderem zu führen. Sie haben nicht die Courage, für sich selbst einzustehen und zu sagen: ›Ich mache das, weil ich es für richtig halte‹, ›Ich tue das auf meine eigene Verantwortung‹ oder aber ›Das ist mein Wille.‹ Denn dann müssten sie sich ja unbequeme Fragen stellen lassen und ihren Standpunkt rechtfertigen. Stattdessen berufen sie sich auf etwas Unsichtbares, das man nicht fragen kann. In Wirklichkeit benutzen sie uns nur als Ausrede, um eigene Ideen zu verwirklichen. Mit uns hat das überhaupt nichts zu tun. Wir sind nie nach unserer Meinung gefragt worden. Wir wollen und wollten keinen Krieg.«

»Aber könntet ihr diese Leute denn nicht davon abbringen, so etwas zu tun?«

»Nur wer mit einer Sache anfängt, hat auch die Macht, sie zu beenden.«

»Du drückst immer alles so einfach aus!«, rief ich.

»Das Leben ist nicht kompliziert«, erwiderte er.

Allmählich wurde es Zeit für mich, wieder nach Hause zu fahren. Also stand ich auf und sagte, ich müsse mich nun auf den Weg machen. Ich hatte das Gefühl, dass wir bisher kaum über meinen künftigen Job gesprochen hatten. Aber irgendwie schien das auch gar nicht so wichtig zu sein.

»Wir würden dir diese Stellung gerne anbieten, wenn du sie haben möchtest«, sagte J. C.

»Ja, ich glaube schon, dass ich sie haben möchte, vor allem, wenn ich dann hier oben mit euch zusammenarbeiten darf! Wie lange dauert die Ausbildung denn?«

»Das hängt von dir ab. Es kommt ganz darauf an, was für Fortschritte du machst«, erklärte Herr Chang, ein Chinese mit dem längsten Zopf, den ich je gesehen hatte.

»Und was ist mit der Bezahlung?«, fragte ich.

»Du wirst stets alles bekommen, was du benötigst«, versicherte Herr Chang mir mit einem beruhigenden Lächeln.

»Jetzt musst du wieder in deinen Alltag zurückkehren. Lebe einfach so weiter wie bisher«, erklärte J.C. »Dein Praktikum beginnt morgen früh nach dem Aufwachen.«

»Habt ihr vielleicht eine Art Handbuch, das ich zum Nachschlagen benutzen kann?«, fragte ich.

»Du hast alles, was du brauchst. Denk nicht an morgen – der morgige Tag wird ganz von selbst seinen Lauf nehmen. Egal, was um dich herum geschieht – vergegenwärtige dir, dass es für jedes Problem nur eine einzige Lösung gibt. Das wird dir auf deinem Weg weiterhelfen. Es gibt nur eines, was du wissen musst.«

»Und was ist das?«, fragte ich.

»Das musst du selbst herausfinden«, grinste er.

Das ist zwar alles sehr verwirrend, aber irgendwie auch interessant, dachte ich.

»Noch eine letzte Frage«, sagte ich nervös. »Werde ich auch irgendwann einmal den Chef eurer Firma kennenlernen?«

»Na ja, ich will es mal so ausdrücken: Am Tag deiner Beförderung wirst du dem ›großen Boss‹, der alle Fäden in der Hand hält, sicherlich begegnen!«, entgegnete er lächelnd.

Während ich meinen Mantel anzog, fragte ich nach der Uhrzeit. Ich hatte das Gefühl, schon so lange hier oben gewesen zu sein, dass mein Parkschein sicherlich abgelaufen war.

»Das wissen wir leider nicht. Aber im Fahrstuhl ist eine Uhr«, erwiderte Herr Chang.

»Okay, dann also bis morgen!«, rief ich im Hinausgehen.

Ich drückte auf den Knopf und wartete ungeduldig, bis der Fahrstuhl endlich kam. Ich musste schnell zurück zu meinem Auto, schließlich wollte ich keinen Strafzettel für unerlaubtes Parken kassieren. Als der Fahrstuhl endlich da war, drückte ich auf den Erdgeschoss-Knopf, sah auf die Uhr und stellte fest, dass es zwölf Uhr mittags war. Die Uhr geht sicher falsch, dachte ich. Dann hielt der Fahrstuhl an und ich trat hinaus.

»Entschuldigen Sie bitte, wie spät ist es?«, fragte ich den Herrn, der unten wartete.

»Zwölf Uhr«, sagte er.

SPIEGELBILDER

Am nächsten Morgen erwachte ich hellwach und voller Tatendrang. Ich sprang zwar nicht direkt aus dem Bett, hatte aber deutlich mehr Energie als sonst um diese Tageszeit. Beim Frühstück überlegte ich, was ich mit dem heutigen Tag anfangen sollte.

Mir fiel wieder ein, was J.C. mir empfohlen hatte: »Lebe einfach so weiter wie bisher.«

Na gut, dachte ich, dann mache ich mir heute einfach mal einen faulen Tag, schaue ein bisschen fern und warte ab, was passiert – falls überhaupt etwas passiert. Schließlich war dies mein erster Arbeitstag, und bei diesem Job schien es keine festen Regeln zu geben.

Nachdem ich den Tag damit verbracht hatte, die Seele baumeln zu lassen und meine neue Arbeit zu genießen, begann ich über die Barfüßige Indianerin nachzudenken. Ihre auffallende Schönheit ging mir einfach nicht mehr aus dem Kopf. Kaum hatte ich an sie gedacht, da klopfte es auch schon an der Tür. Ich öffnete und sie stand vor mir. Erstaunt bat ich sie herein.

»Wonach möchtest du mich fragen?«, erkundigte sie sich.

»Tja, ähm ...«, stotterte ich. »Ich bewundere deine Schönheit so sehr. Deine Haut ist makellos, für eine Figur wie deine würde ich sterben, sogar jedes Haar sitzt bei dir an der richtigen Stelle. Deine Schönheit ist so natürlich, du trägst kein Make-up und doch scheint es irgendetwas Unsichtbares zu geben, was deine Gesichtszüge betont und hervorhebt. Wie machst du das nur? Ich brauche manchmal zwei

Stunden, um mich schön zu machen, schmiere mir Cremes und Wässerchen ins Gesicht, trage millimeterdick Make-up auf – aber wenn ich dann in den Spiegel schaue, sehe ich trotzdem immer noch längst nicht so gut aus wie du.«

»Vielleicht ist das gerade der Fehler«, sagte sie.

»Was?«, fragte ich.

»Das mit dem Spiegel«, sagte sie. »Ich brauche keinen Spiegel, um zu wissen, wie ich aussehe. Ich sehe auch ohne Spiegel, wer ich bin.«

»Wie meinst du das?«, fragte ich neugierig.

»Na ja, ich will es mal so ausdrücken: Stell' dir vor, du schaust in einen Teich und siehst das Spiegelbild einer Blume. Deine Fähigkeit, dieses Spiegelbild zu sehen, hängt von verschiedenen Faktoren ab, beispielsweise vom Wellengang, von den Lichtverhältnissen und vom Wetter. An manchen Tagen ist das Wasser vielleicht trüb und schlammig, sodass das Spiegelbild nur verschwommen zu erkennen ist, und du wünschst dir, es wäre deutlicher. Am nächsten Tag ist das Wasser aufgewühlt und das Spiegelbild verzerrt, und du wünschst dir, die Wellen würden endlich verschwinden. Wieder an einem anderen Tag sind die Lichtverhältnisse so schlecht, dass das Spiegelbild der Blume ganz dunkel wirkt, und du sehnst dich nach mehr Helligkeit. Du bist nie zufrieden mit dem Spiegelbild, das du siehst – es ist niemals perfekt.«

Ich stimmte ihr zu.

»Und jetzt nehmen wir einmal an, es kommt ein Tag, an dem genau die richtigen Bedingungen herrschen und du das Spiegelbild der Blume in seiner ganzen Pracht und Schönheit erkennen kannst. Jetzt ist das Bild perfekt. Aber kannst du auch den Duft der Blume riechen?«

»Nein«, sagte ich.

»Kannst du die zarte Oberflächenstruktur ihrer Blütenblätter berühren?«

»Nein.«

»Kannst du die Blüte in die Hand nehmen, ihre Schönheit bestaunen, ihre Unschuld spüren?«

»Nein.«

»Und warum nicht?«

»Weil es nur eine Reflexion, nur ein Bild ist. Es ist nicht die eigentliche Blüte. Es hat kein Eigenleben.«

»Richtig. Du kannst eine Blume nur dann richtig wahrnehmen, wenn du zum Ursprung ihres Spiegelbilds zurückkehrst! Leider bist du inzwischen schon so sehr auf das Spiegelbild fixiert, dass du seinen Ursprung vergessen hast. Aber nur dort kannst du die Schönheit der Blume und aller anderen Dinge auf dieser Welt wahrnehmen. Die Blume ist ein lebendiges Wesen, das du liebevoll in dein Herz schließen solltest. Geh zum Ursprung zurück! Du machst dir Sorgen um dein Spiegelbild, doch darin zeigt sich nicht deine wahre Schönheit. Die kann man nur erkennen, wenn man an den Ursprung zurückkehrt. Und wenn du dort angelangt bist und alles gesehen hast, was es zu sehen gibt – musst du dann noch in den Spiegel schauen?«, fragte sie.

»Nein. Man macht sich nur deshalb Gedanken um ein Spiegelbild, weil man seinen Ursprung nicht sieht«, erwiderte ich.

»Das stimmt – und genauso ist es auch mit dir. Kehre zu deinem Ursprung zurück, statt dich um dieses Spiegelbild zu kümmern. Nur so kannst du deine wahre Schönheit erkennen!«

»Aber wie komme ich zum Ursprung?«, fragte ich.

»Indem du aufhörst, dir über das Spiegelbild Gedanken zu machen. Betrachte es als das, was es in Wirklichkeit ist: nur eine Reflexion. Sobald du dich von diesem Spiegelbild abwendest, gibt es nur noch den Ursprung.

Mach einmal folgende kleine Übung«, schlug sie vor. »Schreibe alles, was du über deine äußere Erscheinung und über dich selbst weißt, auf ein Blatt Papier. Beschreibe dich ganz genau in allen Einzelheiten, aber nimm nichts in deine Liste auf, was du in einem Spiegelbild gesehen oder von jemand anderem gehört hast. Diese Übung hilft dir, wahrzunehmen, wie gut du dich selbst kennst. Praktiziere das in regelmäßigen Zeitabständen und achte darauf, wie deine Liste sich verändert.«

Sie hatte noch nicht zu Ende gesprochen, da probierte ich die Übung bereits in Gedanken aus.

»Ich glaube, das kann ich nicht«, sagte ich.

»Dann übe es einfach immer weiter. Du musst dabei auf ein inneres Wissen zurückgreifen, das schon seit einer Ewigkeit vergessen wurde. Es wird Gefühle und Sinneswahrnehmungen zutage fördern, mit denen du schon seit Langem nicht mehr umgehen kannst. Auch wenn du das Gefühl hast, im Dunkeln zu tappen – schreibe einfach alles auf, was du über dich selbst weißt.«

»Das will ich tun«, versprach ich ihr.

Daraufhin verschwand sie.

Ich griff nach Kugelschreiber und Notizbuch, setzte als Überschrift das Wort ICH auf die erste Seite und machte mich mit Feuereifer an meine Aufgabe – doch die Seite blieb leer. Mir fiel einfach nichts ein. Von heute an schaue ich tatsächlich nie mehr in einen Spiegel!, schwor ich mir.

DAS ERHABENE UND DAS LÄCHERLICHE

Mir war immer noch nicht ganz klar, was in meinem neuen Job eigentlich von mir erwartet wurde. Offensichtlich bekam ich keine Anweisungen, sondern blieb ganz mir selbst überlassen. Da man mir keinen besonderen Auftrag erteilt hatte, beschloss ich, einen guten Freund zu besuchen. Er ging bereits auf die 80 zu, war ziemlich gebrechlich und mochte es, wenn man ihm Gesellschaft leistete. Vor ungefähr sieben Jahren war seine Frau gestorben und er vermisste sie entsetzlich – so, als sei sie gerade erst beerdigt worden. Ich besuchte ihn gern, weil er immer etwas Interessantes zu erzählen hatte.

Also machte ich mich auf den Weg. Unterwegs dachte ich darüber nach, wie ich dem armen Mann helfen könnte. Vielleicht konnte ich ihn ja von seinem Schmerz befreien? Ich begann meinen Gedanken nachzuhängen. Was ich wohl tun müsste, um ihn zu heilen?, fragte ich mich. Vielleicht brauche ich einfach nur zu sagen: Steh auf und wandle! Das hat vor zwei Jahrtausenden schon einmal jemand versucht, und damals hat es funktioniert. Warum sollte ich es nicht auch können? Vielleicht waren mir gleichzeitig mit meinem neuen Job auch besondere Kräfte verliehen worden. Doch dann packte mich das kalte Entsetzen beim Gedanken an die Schlagzeilen in der Zeitung:

WUNDERHEILUNG! GELÄHMTER MANN KANN PLÖTZLICH GEHEN UND FÄLLT DIE TREPPE HINUNTER!

Also, das mit dem Heilen lasse ich vorläufig lieber sein,

dachte ich. Da muss ich mich erst noch genauer beraten lassen.

Inzwischen war ich beim Haus meines Freundes angelangt.

»Hallo«, begrüßte er mich und führte mich in sein Wohnzimmer. »Schön, dass du kommst. Du siehst heute so hübsch aus – was hast du nur gemacht? Du siehst plötzlich so anders aus!«

»Wirklich?«, sagte ich. »Keine Ahnung …«

Ich konnte ihm seine Frage tatsächlich nicht beantworten, denn ich hatte das Gefühl, schon lange nicht mehr in den Spiegel geschaut zu haben.

Dann tranken wir Tee, aßen Kuchen und unterhielten uns. Es war ein schöner Nachmittag. Doch nach einer Weile begann er zu einem Foto seiner verstorbenen Frau zu sprechen, das auf dem Tisch stand – genau in seinem Blickfeld, sodass er es immer sehen konnte. Er redete ständig mit seiner Frau, als ob sie tatsächlich im Zimmer wäre, und erzählte ihr alles, was er gerade vorhatte. Dieses Bild war das letzte Foto, das er von ihr gemacht hatte: Sie saß in einem Rollstuhl und bemühte sich, ein Lächeln auf ihre Lippen zu zaubern. Was für ein trauriges Leben, dachte ich.

Ich begann ihm den neuesten Klatsch und Tratsch aus dem Dorf zu erzählen, denn er war gern über alle Neuigkeiten im Bilde. Nach fünf Minuten bemerkte ich, dass er eingeschlafen war. Das kommt von den vielen Medikamenten, die ich nehmen muss, sagte er immer. Oder vielleicht langweilte er sich auch einfach nur mit mir? Ich blieb still sitzen, während er sein Nickerchen machte.

Nach einer Weile hatte ich plötzlich das Gefühl, dass wir nicht allein waren, obwohl ich genau wusste, dass in der Zwischenzeit niemand ins Zimmer gekommen war. Das Gefühl wurde intensiver, aber es erschreckte mich nicht. Aus den Augenwinkeln sah ich plötzlich, wie sich etwas bewegte. Ich wandte den Kopf und sah eine Frau in einer Ecke des Zimmers stehen. Unwillkürlich zuckte ich zusammen, aber ich fühlte mich ganz wohl in ihrer Gegenwart – genauso wie an dem Tag meines Vorstellungsgesprächs bei meinem neuen Arbeitgeber.

Sie lächelte mich an und ich erkannte in ihr die verstorbene Frau meines Freundes. Ich hatte sie zwar nie kennengelernt, erkannte sie aber vom Foto – sie hatte die gleichen Augen und sie war vollkommen gesund. Sie strahlte eine gewisse Zeitlosigkeit und die gleiche innere Schönheit aus wie die Barfüßige Indianerin, obwohl sie ganz anders aussah.

»Mach dir seinetwegen keine Sorgen«, sagte sie. »Ich bin ja da. Er sieht mich nur nicht, weil er immer in die falsche Richtung schaut.«

»Wie meinst du das?«, fragte ich.

»Er schaut das Foto an und sieht mich darin. Alle seine Gedanken sind nur Erinnerungen an früher. Alles, was er sieht, erinnert ihn daran, wo ich früher war. Aber er denkt nie darüber nach, wo ich jetzt bin. Wie kann er mich sehen, wenn er mein Bild an einem Ort festhält, an dem ich gar nicht mehr bin?«

»Das hat natürlich keinen Sinn«, antwortete ich. »Aber wie soll er denn sehen können, wo du wirklich bist?«

»Indem er aufhört, mich dort zu suchen, wo ich nicht bin! Würdest du jetzt weggehen und er würde später aufwachen und mit dir reden wollen – was müsste er dann tun?«, stellte sie die Gegenfrage.

»Na ja, er müsste wohl nach mir suchen und Kontakt mit mir aufnehmen«, antwortete ich.

»Stimmt! Er würde sich die Mühe machen, nach dir zu suchen. Er würde dort hingehen, wo du bist. Warum sollte es bei mir anders sein?«, fragte sie. »Der Tod ist nur eine Illusion, ein billiger Zaubertrick. In Wirklichkeit bin ich gar nicht weggegangen. Ich bin immer noch quicklebendig, und zwar jetzt und hier. In seinen Augen habe ich die Welt verlassen. In *meinen* Augen hat die Welt *mich* verlassen.«

»Und warum kann ich dich dann sehen?«, fragte ich.

»Weil du bereit dazu bist. Das ist das ganze Geheimnis«, antwortete sie.

»Ich bin froh, dass ich dich gesehen habe. Es war schön, dich kennenzulernen«, sagte ich.

»Das Vergnügen ist ganz auf meiner Seite«, lächelte sie.

Dann war sie wieder verschwunden.

Ein paar Sekunden später wachte mein Freund auf.

»Habe ich irgendetwas verpasst?«, fragte er.

»Ähm ... Nein, eigentlich nicht«, log ich, während ich versuchte, meine Gedanken zu sortieren.

Bald danach verabschiedeten wir uns voneinander. Ich kehrte aber nicht gleich nach Hause zurück, sondern beschloss, erst noch einen Spaziergang im Park zu machen und über mein heutiges Erlebnis nachzudenken. Nach einer Weile ließ ich mich kraftlos auf eine Bank sinken.

Ich dachte an die Worte der Frau zurück: »Hör auf, mich dort zu suchen, wo ich nicht bin.« Dann begann ich über meinen Großvater nachzudenken, der vor Kurzem gestorben war, und mir wurde klar, das ich genau den gleichen Fehler gemacht hatte: Auch ich hatte mir immer nur Gedanken darüber gemacht, wo er nicht mehr war. Ich sah stets nur die schmerzliche Lücke, die er hinterlassen hatte. Als mir das bewusst wurde, spürte ich plötzlich wieder, nicht allein zu sein. Und ich war es auch tatsächlich nicht: Neben mir auf der Bank saß mein Großvater. Das erschreckte mich jedoch überhaupt nicht – ganz im Gegenteil. Er strahlte ein solches Gefühl der Ruhe und des Friedens aus wie die Sonnenstrahlen, die mich wärmend einhüllten. Wir begannen miteinander zu reden und müssen wohl eine Ewigkeit dort gesessen haben. Er erzählte mir, was er in der Zwischenzeit alles getan und wen er getroffen hatte. Es war ein faszinierendes und sehr persönliches Erlebnis. Als er mich wieder verließ, wusste ich mit 100-prozentiger Sicherheit, dass er von nun an immer für mich da sein würde.

Während ich nach Hause fuhr, war ich in Gedanken immer noch bei den Ereignissen dieses außergewöhnlichen Tages. Mir geisterten alle möglichen Fragen im Kopf herum, auf die ich keine Antwort wusste, meine Gedanken drehten sich im Kreis. Doch plötzlich überwältigte mich die Gewissheit: Ich brauchte weder Antworten noch etwas zu verstehen. Ich hatte gerade etwas erlebt, was jenseits jeden Verstehens liegt – es ist einfach so, wie es ist.

Na wunderbar, dachte ich, allmählich wird mir alles klar! Ich glaube, diese Ausbildung schaffe ich spielend.

In diesem Augenblick kam ich an eine rote Ampel und während ich darauf wartete, dass die Ampel auf Grün schaltete, hatte ich ein seltsames Gefühl: Ich spürte meine Nase. Ich spürte tatsächlich zum ersten Mal in meinem Leben meine Nase! Ich betrachtete sie nicht und berührte sie auch nicht, ich *spürte* sie einfach. Anders kann ich es nicht beschreiben. Ich nahm diese Nase innerlich wahr und sie war weder zu groß noch zu klein, weder zu lang noch zu dünn – sie war einfach perfekt. So fühlte sich Vollkommenheit an!

Zu Hause angekommen, stürmte ich in meine Wohnung, griff aufgeregt nach Kugelschreiber und Notizbuch und notierte:

ICH

Meine Nase – perfekt!

Mein Kummer – unnötig

Ich setzte mich hin, überdachte die Ereignisse des vergangenen Tages noch einmal und war sehr zufrieden mit mir. Ich hatte das Gefühl, Riesenfortschritte zu machen. Vielleicht würde ich bald schon mein Examen in der Tasche haben.

In diesem Augenblick klingelte das Telefon. Es war eine Freundin, mit der ich schon seit längerer Zeit nicht mehr gesprochen hatte. Wir kamen ins Plaudern und erzählten einander, was wir in der letzten Zeit alles erlebt hatten. Sie kam auf eine gemeinsame Bekannte zu sprechen und berichtete mir, was diese hinter meinem Rücken über mich gesagt hatte. Das waren keine angenehmen Neuigkeiten. Wie konnte eine sogenannte Freundin so etwas über mich behaupten? Nach dem Gespräch war ich fuchsteufelswild.

Welches Recht hat diese Frau, sich ein Urteil über mich anzumaßen?, dachte ich.

Abends wälzte ich mich im Bett hin und her und konnte nicht einschlafen. Ich wunderte mich auch darüber, dass meine andere Freundin das Bedürfnis gehabt hatte, mir das alles zu erzählen. Hatte sie etwa die gleiche Meinung von mir? Sie muss doch gewusst haben, dass mich das verletzen wird, dachte ich. Warum hat sie mir es dann weitererzählt? Plötzlich schien alles, was ich in meiner bisherigen Ausbildung gelernt hatte, wie weggeblasen zu sein – in dieser Situation bedeutete mir das alles nichts mehr. Ich war viel zu wütend. Alle Menschen lieben? Vergiss es, dachte ich. Ich hätte den beiden am liebsten den Hals umgedreht!

Als ich am nächsten Morgen aufstand, hatte meine Wut sich immer noch nicht gelegt. Ich war bereit, den Kampf mit den beiden Drachen aufzunehmen (natürlich nur bildlich gesprochen). Wie üblich schaltete ich den Computer ein und fand folgende Mail in meinem Posteingang:

Interne Mitteilung

Liebe Praktikantin,
mir fällt auf, dass du ein bisschen neben dir zu stehen scheinst. Vielleicht solltest du einmal über Folgendes nachdenken:
Glaube an gar nichts – egal, wo du es gehört oder gelesen hast –, wenn es sich nicht mit deinem gesunden Menschenverstand vereinbaren lässt. Seinen Zorn in sich hineinzufressen, ist so, wie wenn man glühende Kohle in der Hand hält, um sie nach jemandem zu werfen: Man verbrennt sich nur selbst die Finger daran.
Das wird dir sicherlich weiterhelfen.
Mit freundlichen Grüßen,
B xx

Während ich dasaß und meinen Kaffee trank, dachte ich über diese E-Mail nach. Die Worte trafen mich wie ein Pfeil mitten ins Herz. Die Ereignisse des gestrigen Abends schmolzen in meiner Erinnerung dahin wie Schnee in der Sonne. Es gab keinen Grund, darauf zu reagieren.

SCHWIMMEN ODER UNTERGEHEN

Ich hatte die Barfüßige Indianerin schon seit einer Weile nicht mehr gesehen und auch nichts von meinem neuen Arbeitgeber gehört. Also führte ich einfach mein gewohntes Leben weiter. Im Lauf der Zeit wurde mir immer klarer, dass es in meinem neuen Job weder feste Regeln gab noch irgendwelche Erwartungen an mich gestellt wurden. So einen Job hatte ich noch nie gehabt. Zum ersten Mal in meinem Leben war ich meine eigene Chefin!

Das Wetter war herrlich. Nachdem ich meine Hausarbeit erledigt hatte, beschloss ich, schwimmen zu gehen. Eigentlich hatte ich damit gerechnet, dass das Schwimmbad sehr voll sein würde, doch zu meinem Erstaunen hatte ich das Becken fast für mich allein. Wunderbar, dachte ich. Dann kann ich endlich mal in Ruhe schwimmen und brauche niemandem auszuweichen. Vielleicht breche ich heute ja sogar meinen eigenen Rekord und schwimme siebzig Bahnen, dachte ich, während ich mich umzog.

Ich begann im Becken auf und ab zu schwimmen. Nach fünfzig Bahnen geriet ich allmählich außer Atem und machte eine kleine Pause. Danach hatte ich das Gefühl, die restlichen zwanzig Bahnen auch noch zu schaffen. Ich brauchte lediglich meine letzten Kraftreserven zu aktivieren. Also stieß ich mich vom Beckenrand ab und setzte zum Endspurt an.

Doch nach ein paar Bahnen fühlte ich, dass mein Körper immer schwerer wurde. Ich konnte mich nur noch mit Mühe über Wasser halten. Ich dachte schon daran, an den

Beckenrand zu schwimmen, da spürte ich, wie ich langsam unterging. Verzweifelt versuchte ich, wieder an die Wasseroberfläche zu kommen. Doch je mehr ich mich abmühte, umso tiefer sank ich. Ich bekam keine Luft mehr, Wasser drang in meine Lungen ein und ich geriet in Panik. Ich war am Ertrinken! Je verzweifelter ich nach Luft schnappte, umso mehr hatte ich das Gefühl, zu ersticken. Das war's, dachte ich. Das ist das Ende.

Da dehnte sich mein Brustkorb plötzlich aus, meine Atmung schien wieder einzusetzen, die panische Angst wich von mir und ein Gefühl des Friedens überkam mich. Irgendwie hatte ich das Gefühl, mich rückwärts zu bewegen. Und es war auch tatsächlich so! Ich zog mich in mein eigenes Inneres zurück. Dabei hatte ich bisher immer gedacht, dass man beim Tod seinen Körper verlässt. Doch ich bewegte mich innerhalb meines Körpers. Nicht *ich* verließ die Welt – die Welt verließ *mich*. Plötzlich fühlte ich mich vollkommen frei. Mein Körper engte mich nicht mehr ein. Ich hatte das Gefühl, zu wachsen, mich auszudehnen, meine bisherigen Grenzen zu sprengen. Ich spürte das Wasser gar nicht mehr. Um mich herum gab es nur noch Licht und Raum.

Neugierig sah ich mich in diesem lichterfüllten Raum um. Rechts neben mir stand die Barfüßige Indianerin. Sie lächelte.

»Was ist los? Bin ich jetzt tot?«, fragte ich sie.

»Für eine Leiche siehst du noch ziemlich gut aus«, lachte sie.

»Wo bin ich?«

»Du siehst das Leben aus einer anderen Perspektive«, antwortete sie.

»Es ist wunderbar. Ich fühle mich so ruhig und still. Ich habe das Gefühl, alles tun zu können. Nichts schränkt mich ein. Das ist der Himmel, nicht wahr?«

»Ja«, antwortete sie.

Ich stand eine Weile schweigend da und ließ meine neue Umgebung auf mich wirken. Die Luft war frisch und rein und ich sog sie tief in meine Lungen hinein. Über mir und um mich herum flatterten weiße Tauben und das Schlagen ihrer Flügel erzeugte einen leichten Wind, der mir ins Gesicht wehte. Da bin ich ja wirklich an einem wunderschönen Ort gelandet, dachte ich. Doch in diesem Augenblick unterbrach mich die Stimme der Barfüßigen Indianerin in meinen Überlegungen.

»Ich bin froh, dass du hier bist. Ich möchte dir etwas zeigen.«

Sie nahm mich bei der Hand und führte mich durch ein Tor. Wir gingen durch einen wunderschön angelegten Garten zu einer kunstvoll verzierten eisernen Bank. Die Blumen verströmten einen herrlichen Duft.

»Deine Welt ist ein Netz aus Gedanken und Gefühlen«, sagte sie. »Aber diese Gedanken und Gefühle haben keinen Zweck. Deshalb brauchst du dich auch nicht darum zu kümmern.«

»Wie meinst du das?«, fragte ich.

»Ich will es mal so ausdrücken: Sonne, Mond und Sterne erfüllen einen Zweck. Sie scheinen jeden Tag. Sie erhellen den Menschen ihren Weg. Nichts kann sie davon abbringen. Sie alle sind in ihrer Art einmalig und doch arbeiten sie so harmonisch zusammen, als bildeten sie eine Einheit. Dadurch entsteht ein wunderschönes, kunstvolles Bild. Sonne, Mond und Sterne tun einfach nur das, was sie tun, und sind einfach nur das, was sie sind.

Deine Gedanken und Gefühle dagegen sind wie Wolken. Sie kommen und gehen, verändern ihre Form und können Sonne, Mond und Sterne vorübergehend verdunkeln. Doch wenn die Wolken den Himmel verdecken, hören Sonne, Mond und Sterne deshalb auf zu scheinen?«, fragte sie.

»Natürlich nicht«, antwortete ich.

»Können die Wolken etwas an der Sonne, dem Mond oder den Sternen ändern? Haben sie irgendeine Macht über sie?«

»Nein. Der Himmel ist immer da«, sagte ich.

»Es gibt also Sonne, Mond und Sterne – eine einfache und

doch Ehrfurcht gebietende, unveränderliche Kraft, die uns unseren Weg erleuchtet. Es gibt die Wolken, die kommen und gehen, ihre Form verändern und sich von einer Sekunde auf die andere in nichts auflösen können. Um welche dieser Erscheinungen solltest du dich kümmern – um diejenige, die unveränderlich ist und ewig währt? Oder um deine Gedanken und Gefühle, die genauso sind wie Wolken – fadenscheinig und vergänglich?«

»Die Antwort liegt eigentlich auf der Hand. Man muss sich auf die Dinge konzentrieren, die von Dauer sind«, antwortete ich. »Aber wie macht man das?«

»Indem man sich nicht um das Vergängliche kümmert«, erwiderte die Barfüßige Indianerin. Ich hatte mir schon gedacht, dass sie so etwas sagen würde.

»Wenn du deine Aufmerksamkeit nicht mehr auf vergängliche Dinge richtest, konzentrierst du dich automatisch auf das, was von Dauer ist«, erklärte sie.

»Das ist mir klar«, sagte ich. »Aber wenn meine Gedanken und Gefühle vergänglich sind, was ist denn dann von Dauer?«

»Du!«, lächelte sie. »Darüber solltest du vielleicht einmal nachdenken.«

Wir saßen eine Weile schweigend da. Dann sagte die Barfüßige Indianerin: »Bevor du gehst, möchte ich dir noch etwas zeigen.«

»Bevor ich gehe? Was soll das heißen? Ich dachte, ich darf jetzt für immer hierbleiben«, protestierte ich.

»Nein. Du wirst deine Aufmerksamkeit bald wieder auf die Wolken richten – auf das, was dir den Blick auf die Realität versperrt«, sagte sie.

»Na toll«, sagte ich sarkastisch.

Wieder fasste sie mich bei der Hand und führte mich aus dem Garten. Nachdem wir eine kurze Strecke gegangen waren, kamen wir zu der malerischsten kleinen Hütte, die ich je gesehen hatte. Sie sah aus wie ein Foto auf einer kitschigen Pralinenschachtel: mit bunten Blumen im Garten, der von einem kleinen Holzzaun umgeben war. Die Hütte lag abgeschieden in einem Wald, doch seltsamerweise hielten die Bäume das Licht nicht ab. Als wir uns dem Gartentor näherten, kam jemand auf uns zu. Die Frau kam immer näher und plötzlich erkannte ich sie: Es war eine ehemalige Freundin von mir, die ich schon seit ungefähr fünf Jahren nicht mehr gesehen hatte.

»Chris!«, rief ich überrascht. »Was machst du denn hier?«

Sie sah irgendwie anders aus, aber ich wusste nicht genau, woran das lag.

»Hallo«, begrüßte sie mich. Ihre Stimme klang misstrauisch. »Ich bin zu dieser Hütte gekommen, um mich ein bisschen auszuruhen. Ich muss jetzt erst mal eine Weile schlafen, denn ich war in letzter Zeit sehr müde. Bitte verrate niemandem, dass ich hier bin.«

»Okay«, versprach ich verwirrt.

Dann wurde es um mich herum plötzlich dunkel und ich hatte das Gefühl, zu schrumpfen. Das schien eine Ewigkeit so weiterzugehen und als das komische Gefühl endlich nachließ, schlug ich die Augen auf und lag auf dem Rücken im Wasser.

Ich glaube, jetzt wird es Zeit, rauszugehen, dachte ich.

Rasch zog ich mich an und machte mich auf den Heimweg. Eigentlich fühlte ich mich ganz wohl, mir war nur ein bisschen schwindelig. Zu Hause angekommen, griff ich als Erstes nach Kugelschreiber und Notizbuch und schrieb:

ICH

Meine Nase – perfekt!
Mein Kummer – unnötig
Mein Atem – lebendig

Während ich noch dasaß und über die erstaunlichen Ereignisse dieses Tages nachdachte, begann das Lämpchen an meinem Anrufbeantworter zu blinken. Ich drückte auf die

Abspieltaste. »Hallo, ich bin's«, sagte eine Stimme. »Ich habe eine schlechte Nachricht für dich. Leider ist deine Freundin Chris heute in den frühen Morgenstunden gestorben. Sie hat den langen und schweren Kampf gegen den Krebs verloren.«

PROFITE UND PROPHETEN

Mein neuer Job machte mir von Tag zu Tag mehr Spaß, obwohl ich mein Praktikum immer noch nicht abgeschlossen hatte. Zum ersten Mal in meinem Leben hatte ich das Gefühl, ein sinnvolles Ziel zu verfolgen, und jeder Tag brachte eine neue Erfahrung mit sich. Ich hatte zwar keine Ahnung, worin mein Ziel bestand, doch war ich überzeugt davon, dass ich in die richtige Richtung ging und die versprochene Beförderung bald erhalten würde – vorausgesetzt, meine Ausbildung lief weiterhin so gut .

Allerdings gab es noch eine Kleinigkeit, die mir Kopfzerbrechen bereitete, und das war die Bezahlung! Ich hatte bisher noch kein einziges Monatsgehalt erhalten und zehrte von meinen Ersparnissen, die zunehmend schrumpften. Allmählich bekam ich es mit der Angst zu tun. Ich beschloss, mich an die Hauptverwaltung zu wenden, um diese Frage zu klären. Nachdem ich eine Ewigkeit gewartet hatte (so erschien es mir jedenfalls), fand ich endlich eine Antwort-E-Mail in meinem Posteingang.

Interne Mitteilung

Liebe Praktikantin,
danke für die Nachfrage bezüglich deines Gehalts. Wie wir bereits beim Vorstellungsgespräch erwähnt haben: Deine Bemühungen werden reicher belohnt werden, als du dir vorstellen kannst.

Mach dir keine Gedanken darüber, wo du dein Essen, deine Getränke oder deine Kleider hernehmen sollst. Wir wissen, dass du all diese Dinge brauchst. Kümmere dich lieber um die universelle Energie und darum, was sie von dir erwartet. Dann wird diese dich automatisch mit allem anderen versorgen. Also mach dir keine Sorgen wegen morgen, denn du wirst genug zu tun haben. Es ist unnötig, dir zusätzlich zu den Schwierigkeiten, die jeder neue Tag mit sich bringt, auch noch weitere Probleme aufzuhalsen.
Mit besten Grüßen,
J.C.

Was zum Teufel soll das heißen?, fragte ich mich. Bekomme ich nun mein Gehalt oder nicht?

Doch ich beschloss, eine folgsame Schülerin zu sein und J.C.s Worte zu beherzigen, statt noch eine zweite E-Mail an die Hauptverwaltung zu schreiben. Wenn ich meine Sorgen einfach beiseite schiebe, werde ich schon alles bekommen, was ich brauche, dachte ich.

Doch da hatte ich mich getäuscht. Stattdessen kamen noch mehr Sorgen auf mich zu. Inzwischen waren meine Ersparnisse fast völlig aufgebraucht und nichts deutete darauf hin, dass die universelle Energie irgendetwas für mich tun würde. Es war an der Zeit, die Barfüßige Indianerin um Rat zu fragen.

Ich dachte an sie und wartete auf ihr Erscheinen, doch auch sie kam nicht. Selbst als ich laut nach ihr rief, zeigte sie sich nicht. Ich versuchte es vier Tage lang – vergeblich. Nachdem ich eine Woche lang in panischer Angst gewartet hatte, erschien sie endlich.

»Gut, dass du gekommen bist«, sagte ich. »Ich bitte dich schon seit einer Woche um Hilfe.«

»Nein, du bittest nicht«, antwortete sie, »du *bettelst*.«

»Na und – ist das falsch?«, fragte ich naiv.

»Nein. Du kannst gar nichts falsch machen. Aber jedes Verhalten führt zu anderen Ergebnissen«, sagte sie.

»Wie meinst du das?«, fragte ich.

»Wenn du in einem dunklen Zimmer stehst und mich um Licht bittest, kann ich dir deinen Wunsch erfüllen, weil ich weiß, was Licht ist. Aber wenn du in einem dunklen Zimmer stehst und mich anbettelst, die Dunkelheit zu vertreiben, kann ich nichts für dich tun, denn von Dunkelheit weiß ich nichts. Also, was willst du wissen: wo man Licht herbekommt oder wie man die Dunkelheit vertreibt?«

»Ich will wissen, wo man Licht herbekommt«, antwortete ich.

»Gute Antwort«, sagte sie. »Und jetzt wollen wir einmal übers Geld reden, die Wurzel allen Übels! Von deinem Standpunkt aus regiert Geld die Welt. Von meinem Standpunkt aus bringt es die Welt mit quietschenden Bremsen zum Stillstand.«

»Und warum?«, fragte ich.

»Geld ist eine Erfindung der Menschen – eine Methode, andere Leute zu beherrschen und ihnen Angst einzujagen. Je mehr Geld du hast, umso mehr Macht besitzt du, und je weniger Geld du hast, umso ohnmächtiger bist du. Diejenigen, die mehr Geld haben, können Kontrolle über die Ärmeren ausüben. Wenn eine Regierung kein Geld besitzt, dann hat sie auch keine Macht – diese beiden Dinge sind untrennbar miteinander verbunden. Geld ist Gefühl, Geld sind manifestierte Motive. Aber Geld ist nichts Lebendiges«, fuhr sie fort. »Es wird erst dadurch lebendig, was du damit anfängst. In deiner Welt glauben die Menschen, dass man ohne Geld nicht leben kann. In meiner Welt kann man nicht *mit* Geld leben!«

»Das ist ziemlich schwer zu verstehen«, sagte ich.

»Vielleicht kommt es dir schwierig vor, weil dein Glaube ans Geld dich beherrscht. Wie fühlst du dich denn, wenn du Geld hast?«, fragte sie.

»Na ja, dann hätte ich wahrscheinlich keine Sorgen mehr. Ich würde mich sicher fühlen. Und ich könnte ab und zu eine meiner geliebten Einkaufsorgien veranstalten«, erklärte ich.

»Und wie fühlst du dich, wenn du kein Geld hast?«

»Dann habe ich Angst, das Leben wird zum Kampf und ich sorge mich ständig«, antwortete ich.

»Da siehst du es! Das Geld bestimmt über deine Gefühle. Wie kannst du richtig leben, wenn du ständig von dem Gedanken an Geld kontrolliert wirst und dadurch niemals frei bist?«, fragte sie.

»Kann ich ja auch nicht«, antwortete ich. »Aber was soll ich denn tun, damit das Geld mich nicht mehr beherrscht?«

»Du brauchst dir nur klarzumachen, dass es keine Macht über dich hat. Geld ist etwas Lebloses. Nur du machst es zu etwas Lebendigem. Nun will ich dir einmal eine Frage stellen«, fuhr sie fort. »Wie viel Geld kostet der Sonnenschein pro Jahr? Wie viel gibt ein Vogel für seine Nahrung aus? Welche Miete bezahlen die Flüsse, um durch die Landschaft fließen zu dürfen, bis sie am Meer angelangt sind? Was verlangt ein Baum von der Biene für seinen Pollen? Was muss ein Schaf für seinen Wintermantel bezahlen?« Sie hielt einen Augenblick inne, um mir Gelegenheit zum Antworten zu geben.

»Nichts. Aber das ist ja auch die Natur«, sagte ich.

»Ja, die Natur – das Natürliche. Darüber hat der Mensch keine Macht und keine Kontrolle. Natur bedeutet, einfach nur das zu sein, was man ist, und das zu tun, was man tut. Sieh dich einmal um: Das einzige Geschöpf weit und breit, das Geld braucht, bist du! Du handelst nach dem Motto: ›Ich kann dir nur dies geben, wenn du mir dafür jenes gibst.‹ Frag dich doch mal, was zuerst da war: das Geld oder das Motiv?«

»Das Motiv, nehme ich an«, antwortete ich.

»Stimmt. Am Anfang war das Motiv, also sei frei von Motiven. Du kannst dich jederzeit über deine Motive erheben – das hängt ganz allein von dir ab. Analysiere deine Motive und stelle sie infrage. Denn in Wirklichkeit sind deine Motive fragwürdig, sie sind die Wurzel allen Übels.

Denke daran, dass die gleiche Macht, die die Natur geschaffen hat, auch dich erschuf. Finde zu deinem natürlichen Zustand zurück, denn was für die Natur gilt, das gilt auch für dich. Die Natur bekommt immer alles, was sie benötigt. Schau dir einmal die Welt und die wunderbare Macht an, die alles Sein auf der Welt ermöglicht: Glaubst du nicht, dass diese Macht auch für dich sorgen kann?«

»Na ja, wenn du es so ausdrückst – eigentlich bleibt dieser Macht ja gar nichts anderes übrig, als für mich zu sorgen. Wahrscheinlich ist es dumm von mir, zu glauben, dass ich das besser könnte als sie!«, sagte ich. »Aber was ist das eigentlich für eine wunderbare und Ehrfurcht gebietende Macht?«

»Das wirst du noch früh genug erfahren. Zunächst einmal musst du ihr erlauben, für dich zu sorgen, und dich an diesen Zustand gewöhnen«, sagte sie.

»Und wie soll ich das machen?«, fragte ich.

»Ich glaube, du bist jetzt bereit für eine kleine Bewährungsprobe. Wenn du dich traust, geh morgen ohne Geld oder sonstige Besitztümer aus dem Haus. Nimm nur deine Kleider mit und verschwende keinen Gedanken daran, wo du hingehst oder wo du letztlich landen wirst. Sei wie der Wind: Nichts kann ihn aufhalten, alles macht ihm Platz. Traust du dir das zu?«

»Klar!«, antwortete ich.

»Na gut«, sagte sie. »Dann also viel Glück und denke immer daran: Die einzigen Hindernisse, die es gibt, trägst du in deinem Kopf mit dir herum. Folge nicht deinem Kopf, sondern deinem Herzen – und viel Spaß auf deiner Reise!«

Mit diesen Worten verschwand sie.

Als ich an diesem Abend ins Bett ging, sah ich meiner Bewährungsprobe voller Aufregung entgegen. Als ich am nächsten Morgen erwachte, hatte ich jenes flaue Gefühl im Magen, das einen überkommt, wenn man etwas versprochen hat und nicht genau weiß, worauf man sich da eigentlich einlässt.

Sicherheitshalber nahm ich erst mal ein reichhaltiges

Frühstück zu mir. Weiß Gott, wann ich das nächste Mal wieder etwas zu essen bekomme, dachte ich. (Vielleicht wusste er es tatsächlich!)

Als Nächstes zog ich mich an, und zwar zur Sicherheit gleich mehrere Schichten. (Wenn man sieben Schlüpfer übereinander zieht, hat man anschließend schon einen ziemlich dicken Hintern. Diesen Trick kann ich wahrlich nicht weiterempfehlen!) Ich ging zur Tür, sprach mir selbst Mut zu und ließ die Tür hinter mir ins Schloss fallen.

Ohne über mein Ziel nachzudenken, ging ich in die Stadt. Zu Fuß waren es fast fünf Kilometer; aber das Wetter war schön und die Luft so frisch, dass ich mich einfach nur wohl fühlte. Ich beobachtete, wie die Vögel emsig ihre Nester bauten und nach Körnern suchten. Eigentlich hat die Barfüßige Indianerin Recht, dachte ich. Alles, was diese Vögel zum Leben brauchen, ist da. Mir kam noch ein weiterer Gedanke: Wie seltsam wäre diese Welt, wenn es keine Vögel gäbe!

Ich schlenderte in der Stadt umher und betrachtete die Schaufenster. Da hörte ich plötzlich eine Stimme, die mir bekannt vorkam. Jemand rief mir von der anderen Straßenseite etwas zu. Es war ein ehemaliger Kollege, den ich seit etwa sechs Jahren nicht mehr gesehen hatte.

»Hallo, wie geht's?«, fragte ich. Ich freute mich, ihn wiederzutreffen.

»Wunderbar«, sagte er. »Wie wär's mit einer Tasse Kaffee? Ich lade dich ein. Dann können wir uns darüber austauschen, was in der Zwischenzeit alles passiert ist.«

»Gute Idee«, erwiderte ich.

Wir betraten ein gemütliches kleines Café und bestellten unsere Getränke. Die Kellnerin stellte einen großen Teller mit Teegebäck vor uns hin.

»Ich glaube, das ist ein Irrtum«, sagte ich. »Wir haben kein Teegebäck bestellt.«

»Nein, es ist kein Irrtum«, widersprach sie. »Sie sind unser 1000ster Gast, deshalb möchten wir Sie zu Ihrem Kaffee und zu diesem Gebäck einladen. Guten Appetit!«

»Danke«, sagte ich und lächelte leise in mich hinein.

Hungrig stürzten wir uns auf das Gebäck und tauschten Neuigkeiten aus. Mein ehemaliger Kollege war inzwischen auf die Kanarischen Inseln ausgewandert und hatte dort ein erfolgreiches Unternehmen aufgebaut. Das klingt ja großartig, dachte ich, während ich den letzten Keks in den Mund schob. Sofort brachte uns die Kellnerin eine zweite Portion.

»Und was ist mit dir?«, fragte er. »Was hast du in den letzten Jahren gemacht?«

Ich erzählte ihm von meiner neuen Stellung und von den Erfahrungen, die ich bisher damit gemacht hatte.

»Wahnsinn«, sagte er. »Was für ein Job!«

Dann fragte er mich aus heiterem Himmel: »Hättest du Lust, mit mir auf die Kanarischen Inseln zu kommen? Du könntest mir dabei helfen, meine Mitarbeiter zu inspirieren.«

»Wann?«, fragte ich.

»Jetzt gleich. Ich fliege heute Abend wieder zurück«, sagte er.

Ich war schon drauf und dran, Nein zu sagen, so kurzfristig konnte ich doch nicht von zu Hause weggehen. Schließlich gab es vorher noch ein paar Dinge zu regeln. Außerdem konnte ich mir den Flug nicht leisten. Da hörte ich in Gedanken plötzlich die Stimme der Barfüßigen Indianerin: »Sei wie der Wind.«

»Ich bezahle dir den Flug und du kannst kostenlos in einem meiner Ferienhäuser wohnen«, sagte mein Freund. »Na komm schon – warum zögerst du noch? Du brauchst nur deinen Pass zu holen und schon können wir uns auf den Weg machen.«

»Okay. Gehen wir«, sagte ich voller Vorfreude.

Als ich aufstand, um meinen Mantel anzuziehen, spürte ich, dass etwas in meiner Tasche lag. Ich tastete danach und zog zu meinem großen Erstaunen meinen Pass heraus. Wie ist der nur da hineingekommen?, fragte ich mich.

Spät am Abend landeten wir auf den Kanarischen Inseln. Als ich das Flugzeug verließ, hatte ich das Gefühl, im Paradies zu sein, es war herrlich warm. Nach einer halbstündigen Autofahrt hielten wir vor der feudalsten Ferienvilla, die ich je gesehen hatte. Sie war sehr geräumig und hatte eine Terrasse mit Meeresblick.

»Hier kannst du wohnen, so lange du willst«, sagte mein Freund. »Der Kühlschrank ist voll. Aber wenn du noch irgendetwas benötigst oder der Kühlschrank wieder aufgefüllt werden muss, brauchst du es nur der Hausverwalterin zu melden. Sie besorgt dir alles, und du brauchst auch nichts dafür zu bezahlen. Das regle ich schon.«

Sicher bin ich inzwischen wieder gestorben und im Himmel gelandet, dachte ich.

»Sobald du dich eingerichtet hast – vielleicht in ein paar Tagen –, kommst du in meinem Büro vorbei, damit ich dir meine Mitarbeiter vorstellen kann, und dann sehen wir weiter. Okay?«, fragte er.

»Wunderbar«, sagte ich. »Aber ich weiß immer noch nicht genau, was ich mit deinen Mitarbeitern eigentlich tun soll.«

»Du sollst sie inspirieren«, sagte er.

»Aber ich weiß nicht recht, wie.«

»Mich hast du mit dem, was du mir vorhin erzählt hast, ja schließlich auch inspiriert. Also brauchst du wahrscheinlich nur mit ihnen zu reden«, sagte er. »Lass dich einfach von deiner inneren Stimme leiten.«

»Ich will es versuchen«, sagte ich.

Dann ging ich zu Bett, schlief wie ein Murmeltier und wachte am nächsten Morgen genau zur richtigen Zeit auf, um den Sonnenaufgang zu bewundern. Wie schön und was für eine herrliche Insel, dachte ich. Angesichts des strahlenden Sonnenaufgangs fragte ich mich, was für eine Rechnung die Sonne uns wohl präsentieren würde, wenn wir für ihre Energie bezahlen müssten: Die Welt wäre innerhalb von ein paar Tagen bankrott! Da kam mir der Gedanke, dass die Sonne niemals irgendetwas nimmt, sondern immer nur gibt – sie kann gar nicht anders. Cool, dachte ich – jetzt klinge ich schon genauso wie die Barfüßige Indianerin.

Ich verbrachte eine wunderschöne Zeit in dem Ferienhaus, frei von negativen Gedanken und Sorgen. Alles schien wie von selbst zu gehen. Essen, Kleidung – ich bekam stets alles, was ich brauchte.

Mein Freund stellte mir ein paar seiner Mitarbeiter vor. Ich plauderte mit ihnen, ohne mir meine Worte vorher zu überlegen, sie flossen mir einfach aus dem Mund. Es ist schon erstaunlich: Sobald man liebevoll auf andere Menschen zugeht, bekommt man stets mehr zurück, als man investiert hat, dachte ich.

Es schien, als hätten meine Worte die Mitarbeiter tatsächlich inspiriert, denn die Umsätze des Unternehmens schnellten nach oben. Das war zwar nicht mein Ziel gewesen, aber es veränderte sich vieles dadurch. Die Mitarbeiter wirkten lockerer und entspannter als vorher und ihre Arbeit schien ihnen mehr Spaß zu machen. Allerdings erinnere ich mich auch an einen etwas unangenehmen Zwischenfall: Ein hinkender Mann kam zu mir und fragte mich, ob ich etwas für sein Bein tun könne. Oh Gott, dachte ich, schon wieder diese Sache mit dem Heilen, vor der mir so graut. Aber wer weiß, vielleicht kann ich es ja inzwischen. Lass dich einfach von deiner inneren Stimme leiten, mach den Mund auf und sag irgendetwas. »Steh auf und wandle«, sagte ich zu dem Mann, obwohl ich bei diesen Worten innerlich zusammenzuckte.

Das tat er auch tatsächlich! Aber er hinkte immer noch – nur ein bisschen schneller –, als er mein Zimmer verließ. Bei Gelegenheit muss ich die Barfüßige Indianerin mal fragen, wie das mit dem Heilen eigentlich geht, dachte ich.

Nachdem ich ein paar Wochen lang in der Sonne gelegen und das Leben genossen hatte, spürte ich, dass es nun an der Zeit war, wieder nach Hause zurückzukehren. Eigentlich gab es keinen besonderen Grund dafür. Ich hatte einfach nur den Eindruck, dass der richtige Zeitpunkt für die Heimreise gekommen war. Es war ein faszinierendes Abenteuer gewesen, aber nun war ich bereit für das nächste.

Und so kam ich nach viermonatiger Abwesenheit schließlich wieder nach Hause, griff nach Kugelschreiber und Notizbuch und schrieb:

ICH

Meine Nase – perfekt!
Mein Kummer – unnötig
Mein Atem – lebendig
Meine Motive – trügerisch
Meine Taschen – leer
Mein Reichtum – unendlich

Dann setzte ich mich hin und dachte eine Weile über meine Bewährungsprobe nach. Alles in allem hatte ich das Gefühl, sie recht gut bestanden zu haben. Nur die Sache mit dem hinkenden Mann war nicht ganz so gut gelaufen, aber was soll's, dachte ich. Sicher habe ich noch eine Menge zu lernen.

Ich fragte mich, wie die Hauptverwaltung meine Leistung wohl beurteilte. Also schaltete ich meinen Computer an und las mit einem gewissen Stolz folgende E-Mail:

Interne Mitteilung

Liebe Praktikantin,
willkommen zu Hause.
Wir freuen uns, dass dir deine »Bewährungsprobe« Spaß gemacht hat, und möchten dir dazu Folgendes sagen:
Die Erleuchteten bezeichnen einen Menschen als weise, wenn er sich keine Sorgen mehr um die Ergebnisse seines Tuns macht.
Gut gemacht!
Mit freundlichem Gruß,
K xx

Na, wenn das kein Kompliment war …

WUNDERSCHÖNE WELT

Ich überließ es weiterhin der wunderbaren Macht der »universellen Energie«, für mich zu sorgen, doch manchmal war das gar nicht so einfach. Das Hauptproblem waren meine eigenen Gedanken und Gefühle. Manchmal tobte ein richtiger Kampf in mir. Alte Gewohnheiten wird man nun einmal nicht so schnell los. Wenn ich vor einem Problem stand (nicht nur in finanzieller Hinsicht), fiel es mir schwer, mich anders zu verhalten als bisher – und mein normales Verhalten bestand nun einmal darin, dass ich auf Probleme sofort reagierte. Jetzt musste ich meine eigenen Motive, Gedanken und Gefühle genau beobachten und durchschauen, über sie hinauswachsen und dann einfach der »universellen Energie« die Regie überlassen. Schließlich gab es nur eines, was zwischen der »universellen Energie« und mir stand – und das war ich selbst!

Während einer dieser inneren Kämpfe, bei dem ich die Oberhand gewann und die »universelle Energie« am Verlieren war, erschien die Barfüßige Indianerin wieder.

»Hallo«, sagte sie. »Geht's dir gut?«

»Nein«, antwortete ich wahrheitsgemäß. »Ich fühle mich von Gott und der Welt verlassen. Ich habe einfach keinen Durchblick mehr und diese universelle Energie ist leider nicht zu spüren. Ehrlich gesagt: Allmählich zweifle ich daran, ob sie überhaupt existiert.«

»Oh je«, lächelte sie, schien aber nicht übermäßig beunruhigt zu sein. »Und warum siehst du die ›universelle Energie‹ nicht?«

»Keine Ahnung«, sagte ich. »Wahrscheinlich versteckt sie sich vor mir. Vielleicht will sie, dass ich mich noch mehr anstrenge, um sie zu entdecken!«

»Die ›universelle Energie‹ kann sich gar nicht verstecken. Sie ist immer sichtbar – für alle, die Augen haben, um sie zu sehen«, erklärte die Barfüßige Indianerin.

»Aber ich sehe sie trotzdem nicht!«, rief ich.

»Vielleicht schaust du durch die falsche Brille«, meinte sie.

»Wie meinst du das?«, fragte ich.

»Na ja, ich will es einmal so ausdrücken: Wenn du dein Fernglas auf eine wunderschöne Aussicht richtest, es aber nicht richtig eingestellt ist – was siehst du dann?«, fragte sie.

»Dann sehe ich alles verschwommen«, antwortete ich.

»Und was bedeutet das? Ist die Aussicht tatsächlich verschwommen, oder siehst du sie nur so?«

»Ich sehe sie nur so«, antwortete ich.

»Man braucht also nur die Einstellung zu ändern und schon wird alles wieder klar?«, fragte sie.

»Ja«, sagte ich.

»Und wer kann die Einstellung ändern?«

»Derjenige, der das Fernglas in der Hand hält«, sagte ich.

»Dann kann die Aussicht also gar nichts dafür, wie du sie siehst. Nur der Betrachter kann seine Sichtweise ändern?«

»Stimmt«, sagte ich.

»Genauso verhält es sich auch mit der ›universellen Energie‹. Sie ist immer da, aber ob man sie auch wirklich sieht, hängt vom Betrachter ab. Einzig und allein er bestimmt über seine eigene Sichtweise.«

Ich dachte eine Weile über ihre Worte nach. »Wenn Gott, ›die universelle Energie‹ oder wie auch immer du es nennen willst, stets für alle Menschen sichtbar ist, dann habe ich es zwangsläufig auch im Blickfeld – aber ich sehe es verzerrt. Ist das richtig?«

»Richtig«, antwortete sie. »Du verfügst über eine rasche Auffassungsgabe.«

Jetzt war ich schon sehr viel gelassener, begann die Sache aus einer anderen Perspektive zu betrachten und fing an, unser Mittagessen zuzubereiten. Es war ein wunderschöner Tag, also setzten wir uns zum Essen in den Garten. Alles schien in schönster Ordnung zu sein, draußen war es still und ich begann mich endlich wieder lebendig zu fühlen. Ich schaute mich im Garten um. Die Natur war ganz damit beschäftigt, sie selbst zu sein – ständig in Bewegung, unendlich. Nachdem ich eine Weile über das Leben sinniert hatte, unterbrach mich die Barfüßige Indianerin in meinen Überlegungen.

»Nun, da du dein Fernglas scharf eingestellt hast, um die ›universelle Energie‹ wahrnehmen zu können – würdest du sie zur Abwechslung nicht gerne auch einmal hören?«, fragte sie mich.

»Natürlich«, antwortete ich. »Aber wie macht man das?«

»Dazu musst du zunächst einmal zuhören«, sagte sie.

»Das ist doch klar«, sagte ich.

»Nicht ganz so klar, wie es scheint«, widersprach sie. »Du bist daran gewöhnt, immer nur mit den Ohren zu hören. Die ›universelle Energie‹ kann man aber nur mit dem Herzen hören.«

»Richtig«, stimmte ich zu und wartete gespannt darauf, dass sie fortfuhr.

»Um mit dem Herzen hören zu können, musst du dich über jede Logik und jeden rationalen Menschenverstand erheben«, erklärte sie.

»Okay«, sagte ich. »Und wie macht man das?«

Kaum hatte ich diese Frage gestellt, da kam plötzlich ein heftiger Wind auf. Die Bäume begannen zu rauschen. Wo wohl dieser Wind so plötzlich herkommt?, dachte ich. Eigentlich war doch gar kein Wetterumschwung angesagt.

»Das werde ich dir gleich zeigen«, sagte die Barfüßige Indianerin. »Zunächst einmal sind alle Dinge und Lebewesen ein Teil der ›universellen Energie‹ – so ist es nun mal, ob es dir gefällt oder nicht. Für dich in deiner Welt gibt es belebte und unbelebte Materie. In meiner Welt ist alles lebendig. Nehmen wir beispielsweise den Wind. Hast du ihn je sprechen hören?«, fragte sie.

»Natürlich nicht«, antwortete ich. »Das geht doch gar nicht – oder etwa doch?«

»Diese Antwort wirst du mir gleich selbst geben«, sagte sie. »Um dir die Sache ein bisschen zu erleichtern, werde ich dem Wind eine Frage stellen und zwar eine, auf die du keine vorgefertigte Antwort parat hast. Außerdem kann man die Frage, die ich stellen werde, nur mit dem Herzen beantworten. Bist du bereit?«

»Äh ... ja«, sagte ich etwas unsicher.

»Na gut, dann können wir anfangen«, sagte sie. »Und denke daran, nicht auf deinen Verstand, sondern auf dein Herz zu hören.«

Mit diesen Worten stand sie auf und schrie dem Wind ihre Frage entgegen: »Wind, wo kommst du her?«

Sie hatte Recht. Diese Frage konnte höchstens ein Meteorologe logisch beantworten.

Ruhig und schweigend saß ich da und schob alle meine Gedanken und Erwartungen beiseite. Ich wartete und wartete ... Da erhob sich aus meinem Inneren und zugleich in meiner Umgebung eine tiefe Stimme und rief: »Ich komme daher, wo ich hingehe!«

»Oh«, sagte ich. »Das ist ja erstaunlich. Ich verstehe es zwar nicht, aber es ist trotzdem erstaunlich. Der Wind hat uns tatsächlich geantwortet!«

»Ja«, bestätigte die Barfüßige Indianerin.

Plötzlich legte sich der Wind und es wurde wieder still. Ich lief ins Haus hinein, um mir etwas zu trinken zu holen, auf die Toilette zu gehen und mich zu beruhigen. Das war ja unglaublich! Darüber musste ich unbedingt mehr erfahren. Doch was noch erstaunlicher war: Als ich wieder in den Garten kam, herrschte dort plötzlich wildes Schneetreiben und es lagen bereits acht Zentimeter Schnee. Was zum Teufel ist hier eigentlich los, dachte ich. Hat das Wetter vergessen, dass Sommer ist? Inmitten der durcheinanderwirbelnden Schneeflocken sah ich die Barfüßige Indianerin, die mir entgegenlächelte, während ich durch den Schnee auf sie zustapfte.

»Bist du bereit für die nächste?«, fragte sie.

»Die nächste was?«

»Die nächste Frage«, antwortete sie. »Diesmal wirst du hören, was der Schnee dir zu sagen hat!«

Ist ja bescheuert, dachte ich, aber andererseits erschien mir das Ganze auch irgendwie ganz normal.

»Also gut«, sagte ich.

»Wir machen es wieder so wie gerade eben: Ich stelle dem Schnee eine Frage, und du wartest auf die Antwort«, sagte sie.

»Alles klar. Du bist der Boss«, erwiderte ich.

Sie stand auf und rief dem Schnee zu: »Hallo, Schnee, was spürst du gerade?«

Wieder saß ich geduldig da und wartete, aber diesmal kam mir die Zeit etwas länger vor, denn die Schneeflocken peitschten mir kalt und feucht ins Gesicht. Dann hörte ich wieder die tiefe Stimme, die gleichzeitig in meinem Inneren und um mich herum erklang.

»Ich spüre Wärme«, antwortete der Schnee. Auch das war eine komische Antwort, aber die Barfüßige Indianerin hatte ja auch angekündigt, dass die Antworten über meinen logischen Menschenverstand hinausgehen würden. Sie waren von einem Gefühl begleitet – so, als seien die Antworten Gefühle und die Gefühle Antworten.

»Wie fühlst du dich?«, fragte die Barfüßige Indianerin.

»Großartig«, sagte ich. »Ich habe das Gefühl, eins mit dem Universum zu sein. Ich fühle mich mit allem verbunden!«

Bei diesen Worten hörte es auf zu schneien und die Schneedecke auf der Erde schmolz schneller dahin, als ich es je gesehen hatte. Innerhalb von ein paar Sekunden herrschte wieder strahlendes Sommerwetter.

»Möchtest du noch eine Frage hören, um ganz sicherzugehen?«, fragte sie.

Oh Gott, dachte ich, was wird wohl als Nächstes kommen? Ein Gewitter oder vielleicht ein Taifun?

»Ja, gern, aber vielleicht könnte es diesmal etwas anderes sein als das Wetter?«, fragte ich.

»Kein Problem«, beruhigte sie mich. »Ich werde deinem Haus eine Frage stellen.«

»Meinem Haus?«, wiederholte ich verdattert. »Dass man mit der Natur Zwiesprache hält, kann ich ja zur Not noch verstehen, aber ein Haus besteht doch nur aus Mörtel und Ziegelsteinen.«

»In Gottes Welt besteht alles aus Gott. Alles besteht aus der ›universellen Energie‹«, sagte sie. »Also los!«

Sie wandte sich meinem Haus zu, streckte die Arme aus und schrie: »Haus, was lebt in dir?«

Wieder wartete ich und diesmal dauerte es nicht lange, bis die tiefe Stimme wieder ertönte. Diesmal klang sie noch lauter und dröhnender als bei den beiden vorigen Malen.

»In mir wohnt Liebe«, antwortete das Haus.

Nachdem ich ein paar Sekunden lang schweigend dagestanden und dieses erstaunliche Erlebnis verarbeitet hatte, wandte ich meine Aufmerksamkeit wieder der Barfüßigen Indianerin zu.

»Na, wie fandest du das?«, fragte sie.

»Einfach umwerfend!«, rief ich. »Es kommt mir zwar schon ein bisschen verrückt vor, aber andererseits fühlte es sich auch irgendwie ganz normal an. Die Stimme wirkte realer als jede andere Stimme, die ich je gehört habe.«

»Stimmt«, sagte sie. »und welche Schlussfolgerung hast du aus dieser kleinen Übung gezogen?«

»Na ja, ich denke, dass diese wunderbare Macht – Gott oder die ›universelle Energie‹ – tatsächlich mit dem ganzen Universum identisch ist. In Wirklichkeit ist alles strahlend und wunderschön«, antwortete ich.

»Stimmt«, bestätigte sie wieder.

»In der Stille hört man alles«, resümierte ich.

Wir gingen ins Haus zurück. Was für ein Tag, dachte ich. Was wohl als Nächstes kommen wird? Die Barfüßige Indianerin war schon im Begriff zu gehen, doch zwischen Tür und Angel wandte sie sich noch einmal um und sagte: »Ach, übrigens: Wolltest du mir nicht noch eine Frage zum Thema Heilen stellen?«

»Nein«, log ich. »Darüber habe ich noch nie nachgedacht.«

Bei jedem Job gibt es irgendetwas, was einem nicht gefällt und was ich an dieser Position als Messias am meisten verabscheute, war die Sache mit dem Heilen. Ich weiß auch nicht, warum – ich konnte mich einfach nicht dafür erwärmen. Ich fragte mich, ob ich meine Ausbildungszeit wohl auch bestehen konnte, ohne irgendjemanden zu heilen. Ich werde auf jeden Fall versuchen, darum herumzukommen, dachte ich.

»Na gut«, sagte sie. »Dann also bis demnächst.«

»Tschüss«, sagte ich, »und vielen Dank.«

Damit war sie verschwunden.

Ich setzte mich hin und ließ die Ereignisse des Tages noch einmal an meinem inneren Auge vorüberziehen. Da unterbrach der Computer mich in meinen Gedankengängen, indem er mir mit seiner schnarrenden Techno-Stimme eine neue E-Mail ankündigte.

Interne Mitteilung

Liebe Praktikantin,
bitte nimm dir einen Augenblick Zeit, um über den heutigen Tag nachzudenken.
Heute hast du ein Geschenk erhalten, das man weder mit den Augen sehen noch mit den Ohren hören kann und das noch nie eine menschliche Hand berührt hat.
Wer die Einheit allen Lebens wahrnimmt, erkennt sich in allen Lebewesen und alle Lebewesen in sich. Er betrachtet alles völlig vorurteilsfrei.
Herzlichen Glückwunsch von uns allen in der Hauptverwaltung,
Xx

Ich beschloss, ein Bad zu nehmen und dabei in aller Ruhe über diesen Tag nachzudenken, doch bevor ich die Treppe hinaufging, nahm ich erst einmal mein Notizbuch zur Hand und schrieb hinein:

ICH

Meine Nase – perfekt!
Mein Kummer – unnötig
Mein Atem – lebendig
Meine Motive – trügerisch
Meine Taschen – leer
Mein Reichtum – unendlich
Meine Sicht – klar
Mein Geist – übervoll
Mein Herz – offen
Meine Ohren – scharf wie die eines Hundes

IST DAS DEIN LETZTES WORT?

Eines war mir klar: Wenn ich mein Examen je bestehen und zum Messias befördert werden sollte, würden mir die Menschen in meiner neuen Position bestimmt eine ganze Menge Fragen stellen. Daher hielt ich es für sinnvoll, eine Liste der Fragen aufzustellen, mit denen ich in Zukunft vielleicht konfrontiert werden würde, und sie der Barfüßigen Indianerin zu stellen, um mir einen ungefähren Eindruck von den Antworten zu verschaffen.

Sie erschien sofort, nachdem ich sie gerufen hatte. Ich erklärte ihr mein Anliegen und fragte, ob sie bereit sei, einige oder alle Fragen zu beantworten, die ich ihr stellte.

»Natürlich«, lächelte sie. »Ich tue doch, was ich kann, um dir zu helfen. Schieß einfach los, wenn du bereit dazu bist.«

»Also gut«, sagte ich.

Ich: »Worin besteht der Sinn des Lebens?«

DBFI: »In dem Sinn, den du ihm gibst.«

Ich: »Worin besteht der Zweck des Lebens?«

DBFI: »In dem Zweck, den du ihm gibst.«

Ich: »Warum müssen wir sterben?«

DBFI: »Ihr müsst doch gar nicht sterben.«

Ich: »Warum werden wir geboren?«

DBFI: »Ihr wurdet doch gar nicht geboren.«

Ich: »Warum gibt es Leiden auf der Welt?«

DBFI: »Wenn du denjenigen, der leidet, wirklich kennst, gibt es kein Leiden mehr.«

Ich: »Nie habe ich in meinem Leben Erfolg. Warum nicht?«

DBFI: »Du hast nur deshalb keinen Erfolg, weil du versuchst, etwas zu sein, was du nicht bist. Sei froh über diesen Misserfolg.«

Ich: »Wo ist der Himmel?«

DBFI: »Da, wo du ihn haben möchtest.«

Ich: »Wie werde ich reich?«

DBFI: »Indem du deinen eigenen Wert erkennst.«

Ich: »Warum bin ich immer arm?«

DBFI: »Weil du nicht reich bist.«

Ich: »Können die Kranken gesund werden?«

DBFI: »Können die Gesunden krank werden?«

Ich hielt inne. »Ich glaube, wir müssen aufhören«, sagte ich. »So kann ich nicht weitermachen.«

»Warum nicht?«, fragte sie erstaunt.

»Weil deine Antworten wie Slogans auf einem T-Shirt klingen. Ich glaube nicht, dass die Leute so etwas hören möchten. Sie hören sich an wie Rätsel!«, sagte ich.

»Vielleicht liegt das daran, dass die Fragen Rätsel sind«, meinte sie.

»Schon wieder!«, sagte ich. »Gibt es denn auf keine Frage eine klare, einfache Antwort?«

»Vielleicht gibt es keine Fragen«, sagte sie.

»Doch, natürlich gibt es Fragen. Jede Menge sogar!«, sagte ich.

»Und wo sind dann all die Antworten darauf?«, fragte sie lachend.

»ICH WEISS ES NICHT!«, rief ich.

»Dann will ich es dir erklären«, sagte sie. »Ein Fluss fließt kilometerweit durch das Land, um zu seinem Ursprung, dem Meer, zurückzukehren. Auf seiner Reise begegnen ihm viele Hindernisse: umgestürzte Bäume, schmale Ufer, Felsblöcke, Dämme. Doch der Fluss fließt um all diese Hindernisse herum, durch sie hindurch oder über sie hinweg. Er hat eine Mission. Nichts kann ihn davon abbringen. Stell dir einmal vor, was passieren würde, wenn der Fluss plötzlich stehen bliebe und anfangen würde, Fragen zu stellen – wenn er versuchte, erst einmal auf alles eine Antwort zu finden, ehe er weiterfließt? In der Zwischenzeit würde das

Meer austrocknen! Der Fluss lässt sich durch nichts aufhalten. Und genauso ist es auch mit dem Leben. Du hast eine Mission, du bewegst dich auf ein Ziel zu – nichts kann dich aufhalten. Also sei wie der Fluss: Steuere auf deinen Ursprung zu, ohne Fragen zu stellen.«

»Na ja, wenn du es so ausdrückst …«, meinte ich.

Ihre Worte hatten mich mitten ins Herz getroffen.

»Darf ich noch eine letzte Frage stellen?«, bat ich.

»Ja.«

»Warum sprecht ihr – du und deine Kollegen von der Hauptverwaltung – eigentlich immer in Analogien, Gleichnissen oder Geschichten?«

»Weil nur dein Herz die Antworten verstehen kann, nicht dein Verstand«, erwiderte sie.

Ist das etwa auch wieder so ein T-Shirt-Slogan?, dachte ich, aber diesmal hatte ich das Gefühl, dass doch mehr dahintersteckte.

Nachdem sie gegangen war, schrieb ich in mein Notizbuch:

ICH

Meine Nase – perfekt!
Mein Kummer – unnötig
Mein Atem – lebendig
Meine Motive – trügerisch
Meine Taschen – leer
Mein Reichtum – unendlich
Meine Sicht – klar
Mein Geist – übervoll
Mein Herz – offen
Meine Ohren – scharf wie die eines Hundes
Mein Mund – geschlossen

Am nächsten Morgen weckte mich das Geräusch der Post, die in meinen Briefkasten fiel. Ich stand auf und stieg die Treppe hinunter, um sie zu holen. Es war ein kleines, in braunes Papier eingepacktes Päckchen mit dem Frankierstempel der Hauptverwaltung. Was das wohl sein mag?, dachte ich und riss es hastig auf.

Zuerst zog ich den Brief heraus und las:

Interne Mitteilung

Liebe Praktikantin,
wir haben dein gestriges Gespräch mit der Barfüßigen Indianerin mitgehört – es ließ sich leider nicht vermeiden. Deshalb schicken wir dir nun ein vorzeitiges Weihnachtsgeschenk, um dir zu beweisen, dass es auch auf deiner Reise durchs tägliche Leben immer etwas gibt, was dich zur ›universellen Energie‹ hinführt.
Wir sind sicher, dass dir dieses Geschenk in vielerlei Hinsicht weiterhelfen wird!
Mit besten Grüßen von uns allen in der Hauptverwaltung,
Xx
PS: Wo ein Wille ist, da ist auch ein Weg.

Wie lieb von ihnen, dachte ich und lachte laut, während ich das Geschenk auspackte. Es war ein T-Shirt von edelster Qualität mit folgendem Aufdruck:

Zum Nachdenken!

- ***Lass dich nicht von Dingen beherrschen, die keine Macht über dich haben***
- ***Verschenke nur Dinge, die alle Menschen empfangen können***
- ***Was du dir wünschst, kannst du nicht haben; was du hast, kannst du dir niemals wünschen***
- ***Freiheit bedeutet, nicht zu wissen, was Freiheit ist***
- ***Wegweiser sind nicht das Ziel***
- ***Inmitten aller Illusionen wirst du zu dir selbst finden***
- ***Du kannst nicht irgendetwas sein, ohne gleichzeitig alles zu sein***
- ***Dein Leben ist tatsächlich eine Meditation***

SPIELVERDERBER

Zur Zeit schien in meinem Job nicht viel los zu sein, daher beschloss ich, einen langen Spaziergang zu machen. In letzter Zeit hatte ich in meinem Praktikum eine ziemlich ruhige Kugel geschoben. Allmählich fing die Sache an, mich zu langweilen. Ein Spaziergang an der frischen Luft würde mir helfen, wieder einen klaren Kopf zu bekommen. Vielleicht kommt mir dann eine geniale Idee, was ich als Nächstes tun soll, dachte ich und machte mich auf den Weg.

Unterwegs ließ ich meinen Gedanken freien Lauf und dachte an mein Vorstellungsgespräch in der Hauptverwaltung zurück. J.C.s Worte fielen mir wieder ein: »Wenn Sie sich einmal für diesen Weg entschieden haben – jetzt und hier –, gibt es kein Zurück mehr.« Ich fragte mich, warum er das wohl gesagt hatte.

Da ich in letzter Zeit keine schwierigen Aufgaben zu erfüllen gehabt hatte, beschloss ich, mich selbst auf die Probe zu stellen. Ich werde versuchen, den Weg zu verlassen, dachte ich.

Beschwingten Schrittes ging ich weiter und überlegte mir, wie ich das anstellen sollte. Eigentlich wollte ich meinen Weg ja gar nicht verlassen, es reizte mich nur, herauszufinden, was dann wohl passieren würde. Ich wollte verstehen, was J.C. mit seinen Worten gemeint hatte.

Ich kam zu dem Schluss, dass ich meinen Plan am besten verwirklichen konnte, indem ich etwas tat, was ich früher regelmäßig praktiziert hatte und in dem ich ganz aufging und alles ignorierte, was anschließend passieren würde. Also beschloss ich, fünfzehn Leute zum Abendessen einzuladen, die ich schon lange nicht mehr gesehen hatte.

Am Tag meiner Party stand ich zeitig auf, weil ich ziemlich viel zu tun hatte. Ich bemühte mich ganz bewusst, alle Gedanken an mein Praktikum beiseitezuschieben und mich so normal zu benehmen wie früher. Während ich die nötigen Vorbereitungen für das Abendessen traf, staunte ich darüber, dass ich nicht in Panik geriet. Früher war ich an solchen Tagen immer ein Nervenbündel gewesen. Ich hatte mir Sorgen darüber gemacht, ob das Essen gelingen würde, und gebetet, dass auch ja nichts anbrennen würde – aber diesmal machte mir das alles gar nichts aus. Ich war vollkommen ruhig und stressfrei und spürte eine innere Gewissheit, dass alles perfekt laufen würde.

Da ich mich mit diesem Vorhaben selbst auf die Probe stellen wollte, bemühte ich mich verzweifelt, wieder in meinen gewohnten Stress zu geraten; doch egal, wie viele peinliche Missgeschicke ich mir in Gedanken ausmalte – ich blieb ruhig wie die unbewegte Wasseroberfläche einesEntenteichs. Vielleicht lag es an der beruhigenden Stimme von Elvis Presley, die aus meinem CD-Player ertönte – oder war ich womöglich schon dabei, an meiner selbstgewählten Aufgabe zu scheitern?

Während ich auf meine Gäste wartete, sah ich durch das Küchenfenster den herrlichsten Sonnenuntergang. Ich bewunderte ihn in seiner ganzen Pracht, der Himmel schimmerte in tausend verschiedenen Rot- und Rosatönen und im Hintergrund erklang die einschmeichelnde Stimme von Elvis – was kann sich eine romantisch veranlagte Frau mehr wünschen?

Dann trudelten meine Gäste ein. Es war schön, sie nach so langer Zeit wiederzusehen. Der Wein floss in Strömen, und bald war überall im Haus fröhliches Geplauder und Gelächter zu hören. Je mehr Wein wir tranken, umso lauter wurde es. Als ich die letzten Vorbereitungen für das Abendessen traf, begann mir der Lärm bereits auf die Nerven zu gehen. Aber ich schob diesen Gedanken beiseite und fing an, das Essen zu servieren.

Wir setzten uns an den Tisch. Das Essen war perfekt gelungen, ohne die üblichen peinlichen Katastrophen! Während meine Gäste zugriffen, ebbte das Gespräch allmählich ab. Da fiel mir plötzlich der Sonnenuntergang wieder ein.

»Hat jemand von euch vorhin den herrlichen Sonnenuntergang gesehen?«, fragte ich.

»Nein«, antworteten sie einstimmig.

»Ich habe keine Zeit, mir Sonnenuntergänge anzusehen«, setzte eine meiner Freundinnen hinzu. »Ich habe Wichtigeres zu tun, als herumzustehen und den Himmel anzustarren.«

Alle lachten und gaben ihr Recht.

»Ich bin nur neugierig«, sagte ich. »Aber wie viele Sonnenuntergänge habt ihr in eurem Leben bereits gesehen?« Diese Frage war an alle gerichtet.

»Weiß nicht«, »Keine Ahnung«, »Ich glaube, ich habe noch nie einen gesehen«, lautete die einstimmige Antwort.

Bald ließen meine Freunde das Thema wieder fallen und begannen die übliche Gerüchteküche durchzukauen: »Er hat gesagt …«, »Sie hat gesagt …« und so weiter. Ich lehnte mich zurück und beobachtete meine Freunde, die bei dem böswilligen Klatsch und Tratsch zusehends aufblühten. Sie fällten ständig Urteile über andere Menschen, doch mir kam es so vor, als hätten ihre Urteile nicht mehr Macht, als sie ihnen einräumten.

Ich ging in die Küche, um Kaffee zu kochen. Ich konnte immer noch nicht begreifen, dass keiner meiner Freunde sich jemals die Zeit genommen hatte, einen Sonnenuntergang zu beobachten. Wie konnten sie so etwas Wunderbares übersehen oder gar absichtlich ignorieren? Sie schienen so völlig in ihre eigene kleine Welt vertieft zu sein, dass sie keine Zeit hatten, sich über die reale Welt Gedanken zu machen.

Als ich mit dem Kaffee ins Wohnzimmer zurückkam, unterhielten sie sich gerade darüber, was sie im Leben schon alles erreicht hatten und was sie in Zukunft noch erreichen wollten – welche Ziele sie verfolgten. Ich versuchte verzweifelt, mich ins Gespräch einzuschalten, aber es gelang mir nicht. Ich fühlte mich wie ein Außenseiter, aber das lag nicht an ihnen, sondern an mir. Plötzlich gab es für mich keinen Platz mehr in ihrer Welt.

Während ich sie weiter beobachtete, wurde mir allmählich klar, dass es in allen ihren Gesprächen um irgendetwas ging, was gerade nicht vorhanden war. Sie sprachen ausschließlich über Menschen, die nicht da waren, Ereignisse, die bereits vergangen waren, oder über ihre zukünftigen Pläne und Wunschträume. Niemand redete von der Gegenwart oder schien auch nur einen Blick für sie zu haben. Und alles, was sie sagten, schien nur für sie selbst wichtig zu sein. Ich begriff, dass ihr Leben voller Hoffnungen und Ängste war. Es war, als befänden sie sich auf einer imaginären Zugfahrt, bei der sie weder wussten, wo sie herkamen, noch, wo sie hinfuhren. Unterwegs sammelten sie immer mehr Gepäck an, nicht nur ihr eigenes, sondern auch das anderer Leute. Ihre Last wurde immer schwerer, doch das schien ihnen nichts auszumachen. Sie hatten ihr ganzes Vertrauen in den Lokführer gesetzt, der sie hinfahren konnte, wo er wollte, und das schienen sie auch noch lustig zu finden, denn sie lachten während der ganzen Fahrt. Warum steigen sie nicht einfach aus?, fragte ich mich. Warum suchen sie nicht ihren eigenen Weg?

Die Musik wurde lauter und sie versuchten sie mit ihrem Gespräch zu übertönen. Ich flüchtete nach draußen in den Garten.

Der Mond schien auf mich herab und tauchte den Garten in ein sanftes, silbernes Licht. In der Ferne erkannte ich eine Gestalt, die auf mich zuschwebte. Es war meine gute alte Freundin, die Barfüßige Indianerin.

»Na, amüsierst du dich?«, fragte sie.

»Ehrlich gesagt, nein«, antwortete ich, erleichtert, sie zu sehen. »Ich wollte heute Abend zur Abwechslung wirklich wieder einmal ganz normal sein, aber es funktioniert einfach nicht. Ich mag meine alten Freunde immer noch sehr, nur habe ich inzwischen das Gefühl, als lebten wir auf verschiedenen Planeten.«

»Nein«, widersprach sie. »Ihr sitzt nur in verschiedenen Zügen.«

»Wie meinst du das?«, fragte ich sie.

»Du bist vom Zug nach Nirgendwo abgesprungen und sitzt jetzt in der Lokomotive des Zuges, der überallhin fährt«, sagte sie.

»Wie Recht du hast«, sagte ich, »aber meine Freunde halten mich jetzt bestimmt für einen furchtbaren Spielverderber.«

»Mach dir keine Sorgen darüber, was die Leute über dich denken. Sei wie der Mond, dem es egal ist, was man von ihm hält, wie die Sonne, die nicht traurig darüber ist, wenn man sie ignoriert, und wie die Sterne, die sich nicht ändern werden, auch wenn ihre Konstellation den Menschen nicht gefällt«, sagte sie. »Sonne, Mond und Sternen kommt es einfach nur darauf an, zu *sein*.«

Kaum hatte sie das gesagt, da schwebte eine Eule vom Dach auf einen in der Nähe stehenden Baum herab. Sie glitt so anmutig durch die Luft, beinahe in Zeitlupe, und wirkte so ruhig und gelassen, dass es mir den Atem verschlug.

»Was für ein wunderschöner Anblick«, sagte ich. »Wer oder was hat diese herrliche Kreatur erschaffen?«

»Niemand hat sie erschaffen«, antwortete die Barfüßige Indianerin. »Sie ist einfach nur das, was sie ist. Versuch nicht immer so krampfhaft herauszufinden, wo die Dinge herkommen. Das versperrt dir nur die Sicht auf das, was ist.«

»Wie meinst du das?«, fragte ich wieder.

»Als du die Eule anschautest, suchtest du nach dem Wesen, das sie erschaffen hat. Du hast dich in Gedanken auf diese Frage konzentriert und nicht auf den Vogel«, erklärte sie. »Betrachte den Vogel ohne jeden Hintergedanken, ohne jedes Werturteil. Sieh ihn einfach nur an. Vielleicht findest du dann die Antwort, nach der du gesucht hast.«

»Interessante Idee. Darüber muss ich unbedingt mal nachdenken!«, sagte ich.

Die Eule erhob sich wieder in die Lüfte und verlor dabei eine weiße Feder. Ich beobachtete, wie die Feder sanft zu Boden schwebte. Doch als ich sie aufheben wollte, stellte ich enttäuscht fest, dass sie in eine schmutzige Wasserpfütze gefallen war. Ich fischte sie heraus und betrachtete sie, verschmutzt und verklebt, wie sie nun war.

»Schade«, sagte ich. »Jetzt ist sie schmutzig und kaputt.«

»Aber ist es nicht trotzdem immer noch eine weiße Feder?«, fragte die Barfüßige Indianerin. »Was steckt unter dem Schmutz?«

»Eine weiße Feder«, antwortete ich.

»Und genauso ist es auch mit dir. Egal, wie düster es in dir aussieht – du wirst stets das Reine finden, das unter dieser Finsternis verborgen liegt«, sagte sie.

Hübsch ausgedrückt, dachte ich. Ich bin also genau wie diese weiße Feder. Ich brauche nur den Schmutz abzukratzen!

Dann sah ich sie an und sagte: »Ich glaube, ich habe die Aufgabe, die ich mir vorgenommen hatte, nicht erfüllt. J.C. hat Recht gehabt: Sobald man sich einmal für diesen Weg entschieden hat, gibt es kein Zurück mehr.«

»Wenn du gerade einen Misserfolg hattest«, sagte sie, »dann bin ich gespannt, wie du aussiehst, wenn du Erfolg hast!«

Ich kehrte wieder zu meinen Freunden zurück. Meine kurze Abwesenheit war ihnen gar nicht aufgefallen. Bald waren alle Weinflaschen leer getrunken und sie gingen nach Hause. Sie hatten sich großartig amüsiert. Ich begann das Haus aufzuräumen und die Küche zu putzen, da hörte ich wieder die »Techno«-Stimme meines Computers, der mir ankündigte, dass ich eine neue E-Mail bekommen hatte. Ich ging hinüber und las folgende Nachricht:

Interne Mitteilung

Liebe Praktikantin,
Es gibt nur zwei Fehler, die du auf dem Weg zur Wahrheit machen kannst: ihn nicht bis zu Ende zu verfolgen oder gar nicht erst loszugehen.
Alles Liebe,
B xx

Ich ging zu Bett, nahm Kugelschreiber und Notizbuch mit, und kurz bevor mir die Augen zufielen, notierte ich:

ICH

Meine Nase – perfekt!
Mein Kummer – unnötig
Mein Atem – lebendig
Meine Motive – trügerisch
Meine Taschen – leer
Mein Reichtum – unendlich
Meine Sicht – klar
Mein Geist – übervoll
Mein Herz – offen
Meine Ohren – scharf wie die eines Hundes
Mein Mund – geschlossen
Meine Werturteile – machtlos
Meine Lieblingsfrage – Wie meinst du das?

MIT VOLLDAMPF VORAUS

Nachdem ich mit meiner selbst gewählten Aufgabe gescheitert war und begriffen hatte, dass es auf meinem Weg tatsächlich kein Zurück mehr gab, blieb mir nur noch eine einzige Alternative: so rasch wie möglich ans Ziel zu gelangen. Es hatte keinen Sinn, zurückzuschauen; ich konnte nur noch vorwärtsgehen. Meine Beförderung erschien mir danach in einem noch verlockenderen Licht. Ich rief nach meiner Barfüßigen Indianerin. Sie sollte mir erklären, wie ich noch schneller vorwärtskommen könnte als bisher.

»Also hast du beschlossen, dich jetzt richtig ins Zeug zu legen?«, fragte sie, als sie ins Wohnzimmer trat.

»Ja, wenn's geht«, sagte ich.

»Nichts ist unmöglich«, lächelte sie. »Und woher kommt dieser plötzliche Entschluss?«

»Bei dem Versuch, meine selbst gewählte Aufgabe zu erfüllen, begann ich über mein bisheriges Leben nachzudenken. Bevor ich mich um diesen Messias-Job beworben hatte, bestand mein Leben aus einem einzigen Kampf. Nichts schien zu funktionieren. Ich steckte in einer emotionalen Tretmühle: Immer wenn ich das Gefühl hatte, einen Schritt weiterzukommen, passierte irgendetwas, und ich landete wieder da, wo ich vorher gewesen war. Je mehr ich mich bemühte, umso weniger Erfolg hatte ich. Ich war total abhängig von anderen Menschen und dem Einfluss, den sie auf mich ausübten. Bei alldem war mir gar nicht klar, wie traurig und unglücklich mein Leben war. Inzwischen habe ich begriffen, dass mir mein früheres Leben nur mein eigenes

Selbstbild widerspiegelte. Dieses Leben interessiert mich jetzt nicht mehr. Es ist, als hätte es nie existiert; all die Dinge, an die ich mich klammerte, haben sich in nichts aufgelöst, und ich führe jetzt endlich ein erfülltes Leben. Ich möchte jene Macht kennenlernen, die alles Leben ermöglicht, und erfahren, was sie mir zu bieten hat.«

»Sehr gut«, sagte sie. »Und wo möchtest du anfangen?«

»Das weiß ich noch nicht genau«, sagte ich. »Ich dachte, du könntest mir vielleicht einen Tipp geben.«

»Okay«, sagte sie. »Lass uns eine Radtour machen.«

»Eine Radtour?«, wiederholte ich ungläubig.

Wie kam sie ausgerechnet darauf? Eine Radtour war nun wirklich das Allerletzte, wovon ich mir Erleuchtung versprach.

»Ja, eine Radtour«, bestätigte sie. »Du wohnst in einer so herrlichen Gegend, es wäre doch schön, sie ein bisschen besser kennenzulernen, oder was meinst du?«

»Aber ich habe doch gar kein Fahrrad«, wandte ich ein.

»Kein Problem. Ich habe zwei Räder mitgebracht.«

»Aber das Wetter ist nicht besonders schön. Ich habe heute früh den Wetterbericht gehört. Es soll regnen«, sagte ich.

»Und daran glaubst du?«, fragte sie.

»Na ja, es könnte doch sein«, antwortete ich.

»Was du für wahr hältst und was du weißt, sind zweierlei Paar Schuhe«, erklärte sie. »Du kannst *glauben*, dass es regnen wird – dann wird es vielleicht tatsächlich zu regnen anfangen. Oder du kannst *wissen*, dass es nicht regnen wird. Dann regnet es auch nicht.«

Ich sann eine Weile über ihre Worte nach. Dann sagte ich: »Darüber muss ich erst noch nachdenken.«

»Na komm schon«, sagte sie. »lass uns gehen. Wir könnten unterwegs picknicken. Was hältst du davon?«

»Picknicken? Aber ich habe doch gar nichts zum Essen da, woraus man ein Picknick machen könnte«, widersprach ich.

»Gibt es noch mehr Beschränkungen, die du dir selbst auferlegen möchtest, ehe wir gehen?«, fragte sie.

»Wie meinst du das?«, womit ich wieder meine Lieblingsfrage stellte.

»Na ja, ich habe dir einen Vorschlag gemacht, was wir heute unternehmen könnten, und du hast nichts Besseres zu tun als lauter Gründe aufzuzählen, weswegen du nicht tun kannst, was du möchtest. Dein ganzes Denken kreist nur um dieses ›Ich kann nicht, weil …‹ Du versuchst der ›universellen Energie‹ Beschränkungen aufzuerlegen. Warum?«, fragte sie.

»Keine Ahnung«, sagte ich. »Mir war gar nicht bewusst, dass ich das tue.«

»Du bist wie der Ozean, der versucht, sich in ein dünnes Wasserrohr hineinzuquetschen und egal, wie weh das tut – du findest auch noch Argumente dafür. Warum? Deine Unendlichkeit kennt keine Grenzen. Du kannst dich auf der Welt frei bewegen, kannst kommen und gehen wie Ebbe und Flut, ohne dass dir irgendjemand ein Hindernis in den Weg legt«, sagte sie.

»Du hast ja so Recht«, sagte ich. »Also los. Gehen wir.«

Zu meinem Erstaunen stand draußen in der Einfahrt tatsächlich ein Tandem. Es war nagelneu, ohne einen Kratzer und die Speichen der Räder glänzten in der Sonne.

»Warum hast du ein Tandem mitgebracht?«, fragte ich

»Ich dachte, auf diese Weise macht das Radfahren mehr Spaß«, sagte sie. »Du setzt dich nach vorn und übernimmst die Führung. Schließlich kennst du die Gegend besser als ich. Außerdem ist es immer besser, zu führen als zu folgen.«

Wir bestiegen unser Tandem und fuhren los. Anfangs war es ein komisches Gefühl, zu zweit durch die Gegend zu radeln, doch bald hatten wir den Bogen heraus. Wir müssen schon ein seltsamer Anblick gewesen sein: eine barfüßige Indianerin und eine Frau, die aussah, als hätte sie sich in ein Wasserrohr gequetscht!

Das Wetter war ideal für eine Radtour – weder zu heiß noch zu kalt. Die Vögel zwitscherten, der Himmel war blau, die Luft frisch und rein. Ich hatte plötzlich das Gefühl, in einer ganz anderen Welt zu leben, obwohl ich meine Heimat gar nicht verlassen hatte.

Wir fuhren durch schöne Landschaften, wobei manche Gegenden ziemlich hügelig waren. Das ist für jeden Radfahrer eine Herausforderung und auch mir fiel das Bergauffahren ziemlich schwer. Ich geriet außer Atem und mein Gesicht begann zu glühen. Als wir oben auf einem Hügel angelangt waren, musste ich erst einmal anhalten, um wieder zu Atem zu kommen. Da fiel mir auf, dass die Barfüßige Indianerin gar nicht kurzatmig war und immer noch genauso taufrisch aussah wie in der Frühe.

»Wie machst du das?«, fragte ich sie.

»Was?«, fragte sie zurück.

»Dass du nicht außer Atem kommst.«

»Ich bin der Atem«, sagte sie.

»Auch darüber muss ich erst noch ein bisschen nachdenken«, erwiderte ich.

Wir machten uns wieder auf den Weg. Nachdem wir ungefähr drei Stunden gefahren waren, bekam ich plötzlich Hunger.

»Zeit zum Mittagessen«, sagte ich. »Sollen wir uns im nächsten Dorf etwas zu essen kaufen?«

»Nein, wir können hier anhalten und uns da drüben ans Ufer des Bachs setzen«, schlug sie vor und zeigte auf eine Mauer.

»Aber hier gibt es doch gar keine Läden«, wandte ich ein.

»Schon wieder! Du versuchst der ›universellen Energie‹ Beschränkungen aufzuerlegen«, sagte sie vorwurfsvoll, während sie über die Mauer kletterte.

Ich folgte ihr, und wir ließen uns am Ufer nieder.

»Was willst du essen?«, fragte sie.

»Fisch und Chips«, antwortete ich sarkastisch.

Fisch und Chips wuchsen normalerweise nicht mitten auf einer Wiese. Vielleicht wilde Champignons und Brunnenkresse – aber Fisch und Chips? Nie im Leben!

»Okay«, sagte sie. »Du musst nur ein bisschen Geduld haben.«

Ich beschloss, ihr keine weiteren Fragen mehr zu stellen. Schließlich gelang ihr immer alles, so würde es wahrscheinlich auch diesmal wieder sein. Ich war neugierig, was nun passieren würde.

Während wir warteten, beobachtete ich den Bach auf dem Weg zu seinem Ziel. Das gleichmäßige Strömen des Wassers übte eine hypnotische Wirkung auf mich aus. Unwillkürlich begann ich über den Bach nachzudenken. Ich verfolgte in Gedanken seine Reise – vom kleinen Rinnsal über einen munter dahinplätschernden Bach bis hin zum Fluss und schließlich zum Meer. Er wurde auf dem Weg zu seinem Ursprung immer größer, dehnte sich immer weiter aus. Vielleicht ist es mit mir genauso?, fragte ich mich.

Dann kehrte ich in Gedanken in die Realität zurück, um zu sehen, ob das Essen schon gekommen war. Ich blickte mich suchend um, entdeckte aber nichts Essbares. Zum Zeitvertreib begann ich der Barfüßigen Indianerin ein paar Fragen zu stellen.

»Wo ist der Himmel?«

»Der Himmel ist überall«, antwortete sie.

»Und warum kann ich ihn dann nicht sehen?«

»Weil du dir einbildest, etwas anderes zu sehen.«

»Wie meinst du das?« Schon wieder meine Lieblingsfrage.

»Deine Welt besteht aus Dualitäten. Auf der einen Seite bist du, auf der anderen Seite alles, was dich umgibt. Du trennst zwischen dir selbst und dem, was du siehst. Du siehst zwei verschiedene Dinge, wo in Wirklichkeit immer nur eines vorhanden ist. Den Himmel hat man erst erreicht, wenn man in allem die Einheit erkennt«, antwortete sie. »Schau dir zum Beispiel mal unser Tandem an. Was siehst du? Beschreibe es mir.«

»Na ja, ich sehe zwei miteinander verbundene Fahrräder«, sagte ich.

»Genau das: zwei miteinander verbundene Fahrräder. In Wirklichkeit waren die beiden Räder nie voneinander getrennt, und sie werden es auch nie sein. Es gab stets nur ein einziges Fahrrad, eine Einheit, und so wird es immer sein.«

»Aber was hat das mit meinem Leben zu tun?«, fragte ich.

»Dein Leben ist wie ein Gemälde mit vielen verschiedenen Figuren. All diese Figuren sind einmalige Individuen. Du schaust sie dir an und einige von ihnen magst du, andere nicht. Du machst Unterschiede zwischen ihnen und verlierst dich in diesen Unterschieden.«

Da konnte ich ihr nur zustimmen.

»Aber wenn du ein paar Schritte zurücktrittst und dein Gemälde als Ganzes betrachtest, anstatt dich in den Details zu verlieren, was siehst du dann?«

»Ich bin mir nicht sicher«, sagte ich, nachdem ich eine Weile über ihre Frage nachgedacht hatte.

»Auf der Leinwand ist nichts als Farbe. Die Figuren, die Landschaft, das ganze Szenarium – alles besteht nur aus Farbe. In Wirklichkeit gibt es gar keine Unterschiede. Wie kannst du Urteile über einzelne Elemente deines Bildes fällen, wenn alles denselben Ursprung hat? Sobald du das erkennst, hast du den Himmel erreicht«, schloss sie.

Eine Weile blieb ich stumm sitzen, dachte über die Worte der Barfüßigen Indianerin nach, bis mich ihre Stimme aus meinen Gedanken riss.

»Das Mittagessen ist da«, sagte sie.

Ich konnte nicht glauben, was da vor mir stand – tatsächlich Fisch und Chips!

»Wo kommt das denn her?«, fragte ich.

»Was glaubst du wohl, wo es herkommt?«, fragte sie zurück. »Kennst du nicht den Spruch: ›Bittet, dann wird euch gegeben; sucht, dann werdet ihr finden; klopft an, dann wird euch geöffnet. Denn wer bittet, der empfängt; wer sucht, der findet; und wer anklopft, dem wird geöffnet‹?«

»Natürlich kenne ich den«, sagte ich. »Aber was soll das heißen? Dass ich nur um etwas zu bitten brauche, und schon steht es vor mir?«

»Ja. Versuch es doch einfach mal.«

»Und worum soll ich bitten?«, fragte ich.

»Das überlasse ich dir. Aber überlege es dir gut. Es ist immer sinnvoll, zu wissen, worum man bittet, ehe man den Mund aufmacht«, sagte sie.

»Okay, jetzt ist mir eine Bitte eingefallen«, sagte ich. »Aber ich verrate sie dir lieber nicht – damit ich mich nicht blamiere, falls sie dann doch nicht in Erfüllung gehen sollte.«

Sie seufzte, schlug die Augen zum Himmel und sagte: »Na gut, wenn du darauf bestehst ... Aber wenn sie nicht in Erfüllung geht, liegt das einfach nur daran, dass du nicht richtig darum gebeten hast.«

»Und wie bittet man richtig um etwas?« fragte ich.

»Das musst du selbst herausfinden. Übung macht den Meister.«

Wir saßen da und aßen unseren Fisch und unsere Chips aus der Papiertüte.

»Warum haben wir keine Teller bekommen?«, fragte ich.

»Das ist doch nur ein Picknick!«, rief sie. »Was erwartest du?«

So guten Fisch und so gute Chips hatte ich noch nie gegessen, sie waren mit Salz und Essig gewürzt und schmeckten wunderbar. Nach dem Essen stiegen wir wieder auf unser Tandem und fuhren nach Hause. Es war ein wunderschöner Tag gewesen, und natürlich hatte es überhaupt nicht geregnet!

Doch das, worum ich stillschweigend gebeten hatte, war nicht in Erfüllung gegangen.

Zu Hause angekommen, lud ich die Barfüßige Indianerin ein, noch auf einen Drink zu mir hereinzukommen, doch sie lehnte ab.

»Ich muss jetzt gehen«, sagte sie. »Aber vorher will ich dir noch eine Frage stellen, über die du nachdenken kannst, wenn ich weg bin. Unsere heutige Radtour war ein Spiegelbild deines Lebens.«

»Inwiefern?«, fragte ich.

»Du hast heute viele Kilometer zurückgelegt, um an dein Ziel zu kommen. Aber in Wirklichkeit warst du schon am

Ziel, bevor du die Reise überhaupt angetreten hattest. Denk einmal darüber nach.«

»Das werde ich tun«, versprach ich.

Mit diesen Worten schwang sie sich auf den Vordersitz unseres Tandems und radelte davon. Noch immer sah sie genauso umwerfend aus wie in der Frühe, als sie zu mir gekommen war.

Wo sie wohl hinfährt?, dachte ich.

Dann ließ ich mich aufs Sofa fallen, erschöpft vom vielen Radfahren und von der frischen Luft. Ich hatte heute eine Menge gelernt und doch hatte ich das Gefühl, dass ich noch sehr viel mehr lernen würde, wenn ich über die Ereignisse des Tages nachgedacht hätte.

Ich fühlte mich wohlig entspannt und mir fielen die Augen zu. Doch bevor ich auf dem Sofa vollständig einnickte, raffte ich mich noch zu meinem üblichen Tagebucheintrag auf und rief meine E-Mails ab.

ICH

Meine Nase – perfekt!
Mein Kummer – unnötig
Mein Atem – lebendig
Meine Motive – trügerisch
Meine Taschen – leer
Mein Reichtum – unendlich
Meine Sicht – klar
Mein Geist – übervoll
Mein Herz – offen
Meine Ohren – scharf wie die eines Hundes
Mein Mund – geschlossen
Meine Werturteile – machtlos
Meine Lieblingsfrage – Wie meinst du das?
Meine Ansichten – einschränkend
Mein Hintern – tut weh!

Interne Mitteilung

Liebe Praktikantin,
ich hoffe, du hast einen wunderschönen Tag verlebt und das Mittagessen hat köstlich geschmeckt. Ich weiß, dass du jetzt über vieles nachdenken musst. Trotzdem möchte ich dich an etwas erinnern.
Der Himmel kennt keinen Unterschied zwischen Osten und Westen; nur die Menschen erschaffen in ihren Gedanken solche Unterschiede und halten sie dann für wahr.
Einheit kann sich nur in Form des Binären manifestieren. Denn die Einheit selbst und die Vorstellung von der Einheit sind bereits zwei.
Schlaf gut!
Alles Liebe,
B xx

DARF ES NOCH ETWAS SEIN?

Zu dieser Zeit ging es in meiner Ausbildung wirklich mit Siebenmeilenstiefeln voran. Ich hatte das Gefühl, aus einem Dornröschenschlaf erwacht zu sein. Das Leben machte Spaß, der Albtraum meines früheren Lebens schien nun endgültig vorbei. Mein Lerneifer wuchs von Tag zu Tag und ich packte meine Aufgaben mit offenem Herzen und ohne jede Erwartung an. Endlich war Frieden in mein Leben eingekehrt, ich erinnerte mich kaum noch an die Sorgen, die mich früher gequält hatten. Seit Beginn meiner Ausbildung hatte ich nicht mehr in den Spiegel geschaut, aber ich war sicher, dass ich schön aussah, ich spürte die Schönheit in meinem Inneren.

Mein einziger Stolperstein war das »Bitten«. Ich bat, bis ich vor lauter Anstrengung blau im Gesicht anlief – aber vergeblich. Egal, worum ich bat – es kam einfach nicht. Auch wenn ich höflich »bitte« sagte und mich gleich im Voraus für die Erfüllung meiner Bitte bedankte – es schien alles keinen Zweck zu haben. Ich erinnerte mich an die Worte der Barfüßigen Indianerin: »Wenn es nicht in Erfüllung geht, liegt das daran, dass du nicht richtig darum gebeten hast.« Ja, daran musste es wohl liegen: Wahrscheinlich machte ich beim Bitten irgendeinen Fehler. Ich versuchte sogar, den Lotossitz einzunehmen oder niederzuknien wie bei einem Gebet. Doch egal, in welcher Körperhaltung ich meine Bitte aussprach, es wollte einfach nichts geschehen. Es war endgültig an der Zeit, die Barfüßige Indianerin um Rat zu fragen.

Sie kam nicht gleich, als ich sie rief (wahrscheinlich wollte sie mir damit eine Lehre erteilen); doch als ich ein paar Tage später im Park spazierenging, holte sie mich plötzlich von hinten ein.

»Hallo«, sagte sie.

»Hallo, wie geht's?«, begrüßte ich sie. Ich war froh, sie wiederzusehen.

»Fantastisch«, sagte sie.

Natürlich, dachte ich, was für eine dumme Frage. Ihr geht es ja immer fantastisch!

»Ich habe große Probleme mit dem ›Bitten‹«, gestand ich ihr. »Es funktioniert einfach nicht.«

»Das glaube ich nicht. Warum sollte es ausgerechnet bei dir nicht funktionieren?«, widersprach sie. »Es kommt nur darauf an, *wie* man bittet.«

»Das glaube ich auch und offensichtlich mache ich dabei eben etwas falsch!«, rief ich.

»Dann will ich dir einen kleinen Tipp geben«, sagte sie. »Warum bittet ein Kind seine Mutter um Essen, Taschengeld oder Hilfe?«

»Weil es weiß, dass seine Mutter ihm das alles geben wird«, antwortete ich.

»Richtig. Und warum kann sie ihm das alles geben?«

Ich dachte über ihre Frage nach, während wir den See umrundeten. Aber so sehr ich mir auch den Kopf zerbrach, mir fiel einfach keine Antwort ein. Erst als ich eine Mutter mit ihrem Kind beim Entenfüttern beobachtete, kam mir der rettende Gedanke. Sie können die Enten nur füttern, weil sie Brot haben, dachte ich.

»Ich glaube, ich hab's!«, rief ich. »Die Mutter kann dem Kind das alles nur geben, weil sie es hat.«

»Hervorragend!«, lobte sie mich. »Sie kann nur geben, was sie hat, und das Kind bittet auch nur um Dinge, von denen es weiß, dass seine Mutter sie ihm geben kann. Und nun nenn mir ein paar Dinge, um die du gebeten hast«, forderte sie mich auf.

»Na ja, damals bei unserem Picknick habe ich zum Beispiel um einen Apfel gebeten«, sagte ich verlegen.

»Und? Wusstest du, ob die ›universelle Energie‹ einen Apfel hatte?«

»Darüber habe ich, ehrlich gesagt, gar nicht nachgedacht«, gestand ich.

»Du hast die ›universelle Energie‹ also um einen Apfel gebeten, ohne zu wissen, ob sie ihn dir geben konnte oder ob sie ihn überhaupt hatte.«

»Ja«, sagte ich. »Aber woher soll ich denn auch wissen, ob die ›universelle Energie‹ einen Apfel hat? Das merke ich doch erst, wenn sie ihn mir gibt, oder nicht?«

»Ein weit verbreiteter Irrtum«, sagte sie. »So, wie du die Sache angegangen bist, warst du dir nicht sicher, ob die ›universelle Energie‹ einen Apfel für dich hatte. Also hast du in Wirklichkeit nur deine Zweifel und dein Nichtwissen gesehen – einen leeren Raum. Und genau das hast du dann auch bekommen. Du musst dir zunächst einmal klarmachen, dass die ›universelle Energie‹ wirklich keine Grenzen kennt. Es gibt nichts, was sie dir nicht geben könnte. Erst dann sprich deine Bitte aus. Damit wirst du ganz andere Ergebnisse erzielen. Wenn schon eine Mutter ihrem Kind alles gibt, was sie hat – wie viel mehr kann die ›universelle Energie‹ dir dann geben?«

»Sie wird mir alles geben«, antwortete ich. »Alles, worum ich nur bitten könnte.«

»Also gut. Und jetzt sprich deine Bitte aus«, forderte sie mich auf. »Und denke daran, nur um Dinge zu bitten, von denen du auch wirklich weißt, dass sie dir gegeben werden können. Deine Intuition wird dir bestätigen, wenn du deine Bitte richtig formuliert hast.«

»Okay«, sagte ich, schloss die Augen und akzeptiert, dass es nichts gibt, was die »universelle Energie« mir nicht geben könnte. Ich überlegte, was ich mir wünschen sollte, und wusste, dass die »universelle Energie« mir diese Bitte erfüllen konnte. Ich wusste mit 100-prozentiger Gewissheit, dass ich es bekommen würde. Ich schlug die Augen auf, blickte auf meine Hände – und da war sie: eine Orchidee, genau wie ich sie mir gewünscht hatte.

»Gut gemacht!«, lobte sie mich. »Nun lass uns weitergehen.«

Wir setzten unseren Spaziergang rund um den See fort. Obwohl wir nicht sprachen, redeten wir doch miteinander. Ich hörte sie und sie hörte mich, auch wenn sich unsere Lippen nicht bewegten.

»Was ist der Himmel?«, fragte ich sie.

»Der Himmel besteht in dem Wissen, dass es keine Hölle gibt«, antwortete sie. »Die Hölle existiert nur in deinen Gedanken.«

»Wie meinst du das?«, fragte ich.

»Deine Gedanken verleugnen dein wahres Sein. Sie sprechen nur von dem, was du nicht bist«, erklärte sie. »Es ist so, wie wenn man schläft und träumt. Während du schläfst, hast du Albträume, erlebst verschiedene Situationen – manche angenehm, manche weniger. Doch du kannst jederzeit aufwachen und dir der Realität bewusst werden: nämlich, dass du sicher, warm und geborgen in deinem Bett liegst. In dem Augenblick, in dem du erwachst und erkennst, wo du in Wirklichkeit bist und dass deine Gedanken nur ein Traum waren, bist du im Himmel. Das ist der Himmel.«

Dem war einfach nichts mehr hinzuzufügen.

»Komm«, sagte sie. »Lass uns ein bisschen im See herumplanschen.«

»Im See herumplanschen?«, rief ich entsetzt. »Bist du verrückt geworden? Um diese Jahreszeit ist das Wasser doch noch eiskalt!«

»Warum sagst du das?«, fragte sie. »Hältst du es für wahr oder weißt du, dass es wahr ist?«

»Okay, ich versteh schon, was du meinst«, sagte ich.

Sie stürzte sich in den See. »Na komm schon, das Wasser ist pudelwarm!«, rief sie mir zu.

Zögernd folgte ich ihr und sie hatte tatsächlich Recht: Das Wasser war warm. Sie trank ein paar Schlucke davon aus der hohlen Hand.

»Was machst du da?«, rief ich. »Das Wasser ist doch dreckig!«

»Nein«, widersprach sie. »Es schmeckt gut. Komm und nimm auch einen Schluck!«

Sie streckte mir ihre Hände entgegen, damit ich daraus trinken konnte. Ich schloss die Augen, um das schmutzige Wasser nicht sehen zu müssen. Mit grenzenlosem Vertrauen zu meiner Barfüßigen Indianerin nahm ich einen Schluck. Als es meine Kehle hinunterrann, stellte ich erstaunt fest, dass es gar kein Wasser war. Es war Wein!

»Das ist ja Wein«, sagte ich.

»Ich weiß«, sagte sie. »Ein uralter Trick. Aber die Leute staunen immer wieder darüber.«

»Wie hast du das gemacht?«, fragte ich.

»Es gibt kein ›Wie‹«, sagte sie.

»Wie meinst du das?«

»Ich will dir eine Gegenfrage stellen. Kannst du über diesen See gehen?«, fragte sie.

»Ich glaube nicht.«

»Und warum nicht?«

»Weil ich untergehen würde!«

»Wer sagt das?«

»Ich.«

»Und warum sagst du das?«

Ich dachte eine Weile über ihre Frage nach.

»Keine Ahnung. Ich sage es eben einfach«, antwortete ich schließlich.

»Du glaubst also tatsächlich, dass du nicht über diesen See gehen und ihn auch nicht in Wein verwandeln kannst.«

»Ja, das glaube ich«, sagte ich.

»Dann musst du dich mit der inneren Stimme auseinandersetzen, die dir einredet, dass du das nicht kannst«, erklärte sie. »Alles, was du für wahr erklärst, wird wahr. Wenn du deine eigenen Theorien auch nur eine Sekunde lang anzweifelst, erwartet dich gleich eine ganz andere Realität.«

»Ich brauche also gar nicht zu wissen, wie man es macht, sondern nur die innere Stimme zum Schweigen zu bringen, die behauptet, dass ich es nicht kann?«, fragte ich. »Und wenn ich anschließend behaupte, es zu können, dann funktioniert es auch?«

»Genau«, sagte sie.

Wir schwammen weiter im See herum und tranken noch ein bisschen mehr Wein – sogar eine ganze Menge mehr. Dabei hatten wir so viel Spaß, dass ich mir wünschte, dieser Tag möge nie enden. Ich begann zu üben, was die Barfüßige Indianerin mir gerade erklärt hatte, war aber wahrscheinlich zu beschwipst dazu. Ich konnte kaum noch im Wasser stehen, geschweige denn darauf wandeln!

Nach einer Weile beschloss ich, nach Hause zu gehen. Ich musste dringend ins Bett. Bevor wir uns voneinander verabschiedeten, schenkte ich der Barfüßigen Indianerin meine Orchidee.

An diesem Abend war ich zu betrunken, um über irgendetwas nachzudenken, doch bevor ich ins Bett sank, schaffte ich es gerade noch, nach meinem Notizbuch zu greifen und hineinzuschreiben:

ICH

Meine Nase – perfekt!
Mein Kummer – unnötig
Mein Atem – lebendig
Meine Motive – trügerisch
Meine Taschen – leer
Mein Reichtum – unendlich
Meine Sicht – klar
Mein Geist – übervoll
Mein Herz – offen
Meine Ohren – scharf wie die eines Hundes
Mein Mund – geschlossen
Meine Werturteile – machtlos
Meine Lieblingsfrage – Wie meinst du das?
Meine Ansichten – einschränkend
Mein Hintern – tut weh!
Mein Gesicht – schön

Meine Gedanken – falsch
Meine Fähigkeiten – erstaunlich
Meine Füße – können übers Wasser gehen
Mein Zimmer – dreht sich!

Als ich am nächsten Morgen aufwachte, hatte ich einen kleinen Kater. Und auf meiner Fußmatte lag ein Kärtchen:

Gute Besserung!

Liebe Praktikantin,
wir hielten es für besser, dir diesmal statt der üblichen E-Mail eine Karte zu schicken. Der Computer ist für dich in deiner jetzigen Verfassung wohl ein bisschen zu hell und zu laut. Wir möchten dir nur sagen, dass du ausgezeichnete Fortschritte machst. Falls du dich dazu in der Lage fühlst, solltest du vielleicht einmal über Folgendes nachdenken: Wir sind das, was wir denken. Alles, was wir sind, entsteht durch unsere Gedanken. Mit ihnen erschaffen wir die Welt. Und selbst wenn dein Glaube nur so groß ist wie ein Senfkorn, kannst du zu einem Hügel sagen: »Versetze dich dort hinüber«, und er wird es tun. Du kannst alles bewirken, was du willst.
Mit lieben Grüßen von uns allen,
xx

TRÄNEN EINES CLOWNS

Jeden Tag machte ich neue Erfahrungen. Ich brauchte meinen Tagesablauf gar nicht mehr zu planen. Mein Leben war wie ein Wandteppich geworden, der sich immer weiter entfaltet: farbenfroh und kunstvoll in sich gemustert – ganz anders als mein früheres Leben, das schal und langweilig gewesen war. Ich übte alles, was die Barfüßige Indianerin mir zeigte, und wendete es in meinem täglichen Leben an. Ich legte nicht einfach nur die Hände in den Schoß und ließ mich von ihren Informationen berieseln, sondern probierte alles aus. Ich akzeptierte nichts als real, was ich nicht selbst erlebt hatte. Schließlich lebte ich, um zu lernen, zu forschen und über meine Grenzen hinauszuwachsen. Das Höchste kann man nur erfahren, indem man bis zum Äußersten geht.

An diesem Tag besuchte ich einen Zirkus, der in unsere Stadt gekommen war. Es war nur ein kleiner Familienbetrieb – noch ein Zirkus von der »alten Schule«, ganz anders als die heutigen großen, modernen Zirkusbetriebe, daher waren auch nicht viele Zuschauer da. In der Pause strömten alle nach draußen, um sich etwas zu essen oder zu trinken zu holen. Ich beschloss, sitzen zu bleiben.

»Na, amüsierst du dich?«, fragte die Barfüßige Indianerin.

Ich blickte mich um, sah sie aber nirgends.

»Wo bist du denn?«, fragte ich.

»Überall«, antwortete sie. »Du musst mich nicht unbedingt sehen, um zu wissen, dass ich bei dir bin.«

»Ich nehme an, daraus soll ich etwas lernen?«, fragte ich.

»Ja, natürlich«, antwortete sie. Und dann saß sie plötzlich neben mir.

»Ist die Clown-Nummer schon vorbei?«, fragte sie.

»Nein, noch nicht.«

»Gott sei Dank! Ich liebe Clowns«, rief sie.

»Ich frage lieber gar nicht erst, warum«, sagte ich.

Wir saßen eine Weile schweigend nebeneinander, und ich versuchte zu verstehen, was sie mit ihren rätselhaften Worten gemeint hatte, da erinnerte ich mich plötzlich an unseren Spaziergang im Park, bei dem wir miteinander gesprochen hatten, ohne die Lippen zu bewegen.

»Warum können wir miteinander reden, ohne die Lippen zu bewegen?«, fragte ich sie.

»Alle Menschen reden, ohne die Lippen zu bewegen«, erwiderte sie.

»Wie meinst du das?«

»In Wirklichkeit kommuniziert man immer nur mit dem Herzen. Aber weil ihr daran glaubt, dass alle Dinge und Lebewesen getrennt voneinander existieren, verleugnet ihr diese Tatsache. Wenn du beispielsweise jemanden grüßt, steigt dieser Gruß zunächst einmal aus deinem Herzen auf und dein Verstand fasst dieses Gefühl dann in Worte. Sobald du dich nicht mehr auf deinen Verstand verlässt, bleiben nur noch die Gefühle übrig. Ich will dich etwas fragen: Wenn du mit jemandem sprichst, fließen dann zuerst die Worte aus deinem Mund oder überlegst du dir zunächst einmal, was du sagen willst?«, fragte sie.

»Erst lege ich mir zurecht, was ich sagen will, und dann kommen die Worte«, antwortete ich.

»Du glaubst also, dass du das, was du auf dem Herzen hast, zunächst einmal in Worte fassen musst, weil dein Gegenüber nicht in dein Herz hineinsehen kann. Doch da wir letzten Endes alle aus demselben Holz geschnitzt sind, wissen in Wirklichkeit alle Menschen, was dich bewegt. Dazu bedarf es keiner Worte, denn es gibt nichts, was im Verborgenen läge – alles ist bekannt. Telepathie ist der Naturzustand des Menschen. Ihr kommuniziert von Seele zu Seele«, sagte sie. »Du kannst alles über einen anderen Menschen wissen, ohne dass er auch nur ein einziges Wort mit dir spricht.«

»Ich glaube zu verstehen, was du meinst«, sagte ich.

Ich sah mich unter den Zuschauern um, die allmählich wieder ins Zirkuszelt zurückkehrten – und tatsächlich: Ich brauchte nur auf mein eigenes Herz zu hören und es verriet mir alles, was in meinen Mitmenschen vorging.

Nach der Pause begann der zweite Teil der Vorstellung. Zuerst kamen die Clowns, und sie waren wirklich ziemlich albern. Die Barfüßige Indianerin lachte vergnügt in sich hinein.

»Warum gefallen dir die Clowns eigentlich so sehr?«, fragte ich, als die Nummer zu Ende war.

»Weil sie sich selbst nicht so ernst nehmen«, antwortete sie.

»Ach so! Und ich dachte schon, du würdest jetzt wieder etwas furchtbar Tiefsinniges sagen.«

»War das denn nicht tiefsinnig genug?«, fragte sie. »Aber ich kann natürlich auch noch philosophischer werden, wenn du unbedingt willst.«

»Ja, bitte.«

»Stell dir vor, ein Clown würde die Rolle des Zirkusdirektors übernehmen. Er nimmt seine Rolle ganz ernst und steht würdevoll da, aber er trägt ein albernes Kostüm und hat riesengroße Füße. Er spricht das Publikum mit befehlsgewohnter Stimme an. Allerdings stimmt irgendwie etwas nicht, wenn ein Clown eine ernsthafte Rolle übernimmt. Die Zuschauer merken, dass er sich als etwas ausgibt, was er in Wirklichkeit gar nicht ist. Sie beginnen ihn auszubuhen und schreien, dass er von der Bühne verschwinden soll. Das macht ihn ganz unglücklich, denn er sehnt sich verzweifelt danach, ernst genommen zu werden. Beschämt und mit gesenktem Kopf verlässt er die Manege. Er ist am Boden zerstört, dabei ist in Wirklichkeit noch gar nicht alles verloren. Der Clown hat nur nicht begriffen, was das Publikum ihm mit seinen Buhrufen sagen wollte: dass er nicht er selbst war, dass er nicht das getan hat, was er am besten kann. Stattdessen hat er versucht, jemand anders zu sein. Die Zuschauer haben ihn nur deshalb nicht als Zirkusdirektor akzeptiert, weil sie sahen, dass er ein Clown ist.

Genauso ist es auch im Leben, wenn du verfolgt und verspottet wirst und nicht das erreichst, was du dir vorgenommen hast: Verliere nicht den Mut, denn das Leben weist dich damit nur darauf hin, dass du versuchst, jemand zu sein, der du in Wirklichkeit nicht bist – und das kann natürlich nicht gelingen. Sobald du das begriffen hast, steht es dir frei, du selbst zu sein«, sagte sie.

»Aha, ich verstehe!«, rief ich. »Wenn du ein Genie bist und so tust, als seist du dumm, wirst du unweigerlich scheitern.«

»Stimmt«, sagte sie.

»Aber wie stellt man es an, man selbst zu sein? Woher weiß man denn überhaupt, wer man ist?«, fragte ich.

»Du kannst nur dann du selbst sein, wenn du aufhörst, *nicht* du selbst zu sein!«, antwortete sie. »Sobald du kein Interesse mehr daran hast, dich zu verstellen oder dich als jemand anderes auszugeben, bleibt nur noch dein wahres Ich übrig.«

»Und woran merkt man, ob man sich verstellt?«, fragte ich.

»Das ist genauso wie mit dem Clown, der in die Rolle des Zirkusdirektors schlüpfen wollte: Wenn du versuchst, anders zu sein, hast du ein unangenehmes, unbefriedigendes und schmerzhaftes Gefühl. Du fühlst dich nicht wohl in deiner Haut. Ständig hast du das Gefühl, dass dir etwas fehlt und dass dein Leben nicht in den richtigen Bahnen verläuft. Daran erkennst du es. Jetzt muss ich aber schnell weg«, sagte sie plötzlich. »Ich komme gleich wieder.«

Mit diesen Worten war sie verschwunden.

Wo sie wohl so dringend hinwill?, dachte ich.

Aber ich erfuhr es schneller, als ich gedacht hatte. Meine Barfüßige Indianerin war der Star der nächsten Zirkusnummer! Sie kam auf einem prächtigen Hengst in die Manege geritten. Er hatte glänzend weißes Fell und eine lange, wehende Mähne. Ohne Sattel galoppierte sie auf ihm in der Manege herum. Es war ein atemberaubender Anblick: Pferd und Reiterin wirkten wie aus einem Guss – eine Einheit. Der Hengst war ganz auf seine Reiterin konzentriert und sie auf ihn.

Was tut sie da? Wie ist sie überhaupt in die Manege gekommen?, fragte ich mich, während ich ihr zusah.

»Ich amüsiere mich und das kann mir schließlich niemand verbieten«, hörte ich ihre Worte in meinem Herzen, während sie den Kopf hob und mir zuzwinkerte.

Nachdem sie für ihre brillante Reitkunst stehende Ovationen erhalten hatte, setzte sie sich wieder neben mich.

»Das war fantastisch«, sagte ich.

»Danke. Hat dir die Vorstellung gefallen?«

»Ja, sehr«, sagte ich.

»Es gibt noch etwas, was du aus deinem heutigen Erlebnis lernen solltest.«

»Und was?«, fragte ich.

»Jede Zirkusnummer, die du heute gesehen hast, war eine absolute Meisterleistung und das Publikum hat entsprechend reagiert: Alle haben die Vorstellung genossen und das Talent der Künstler bewundert, was sich nicht zuletzt an ihrem Applaus gezeigt hat. Aber es hätte auch anders laufen können: Wäre die Vorstellung schlecht gewesen, dann hätten die Zuschauer enttäuscht reagiert, weil sie ihr Geld für so eine miese Show zum Fenster hinausgeworfen hätten – sie hätten auch nicht applaudiert. Die Moral von der Geschichte: Wenn dir die Reaktion deiner Mitmenschen nicht gefällt, musst du ihnen eben eine bessere Show bieten!«

»Das werde ich beherzigen«, versprach ich.

»Übrigens«, sagte sie. »Die Hauptverwaltung ist so zufrieden mit deinen Fortschritten, dass du wahrscheinlich bald dein Examen ablegen kannst.«

»Wirklich?«, rief ich. »Und wann?«

»Sobald du das Gefühl hast, bereit dafür zu sein«, antwortete sie.

»Ich fühle mich aber noch nicht bereit«, sagte ich.

»Kein Problem. Das wird sich bestimmt bald ändern«, meinte sie.

Donnerwetter!, dachte ich und war sehr zufrieden mit mir. Ich bin also tatsächlich fast bis zum Examen gekommen, ohne jemanden heilen zu müssen. Starke Leistung! Wahrscheinlich schaffe ich die Ausbildung auch ohne heilende Fähigkeiten!

»Das habe ich gehört«, sagte die Barfüßige Indianerin.

Es bleibt tatsächlich nichts verborgen, was einen Menschen in seinem Herzen bewegt, dachte ich, während wir uns unseren Weg durch die Menschenmenge bahnten. Als wir draußen waren, konnte ich der Versuchung nicht widerstehen, ihr noch eine letzte Frage zu stellen.

»Wer bin ich eigentlich?«, fragte ich.

»Das ist aber eine komische Frage«, sagte sie. »Die kannst nur du selbst beantworten.«

Auf dem Heimweg staunte ich immer noch darüber, was die Barfüßige Indianerin für eine fantastische Reiterin war. Hoffentlich lerne ich das auch noch eines Tages, dachte ich.

Zu Hause angekommen, schrieb ich als Erstes in mein Notizbuch:

ICH

Meine Nase – perfekt!
Mein Kummer – unnötig
Mein Atem – lebendig
Meine Motive – trügerisch
Meine Taschen – leer
Mein Reichtum – unendlich
Meine Sicht – klar
Mein Geist – übervoll
Mein Herz – offen
Meine Ohren – scharf wie die eines Hundes
Mein Mund – geschlossen
Meine Werturteile – machtlos

Meine Lieblingsfrage – Wie meinst du das?
Meine Ansichten – einschränkend
Mein Hintern – tut weh!
Mein Gesicht – schön
Meine Gedanken – falsch
Meine Fähigkeiten – erstaunlich
Meine Füße – können übers Wasser gehen
Mein Zimmer – dreht sich!
Mein Gelächter – versiegt niemals
Meine Gespräche – wortlos
Mein Handeln – unglaublich

Dann schaute ich nach, ob ich während meiner Abwesenheit irgendwelche E-Mails bekommen hatte, doch zu meinem Erstaunen waren diesmal keine da. Wie ungewöhnlich, dachte ich. Ich wollte den Computer schon ausschalten, da erhielt ich zu meiner großen Erleichterung doch noch meine Mail von der Hauptverwaltung:

Interne Mitteilung

Liebe Praktikantin,
hast du gedacht, wir hätten dich vergessen? So etwas würden wir nie tun! Hier kommt dein Denkanstoß für den heutigen Tag:

1. Es gibt nur einen echten Misserfolg im Leben: seinem besten Wissen nicht treu zu bleiben.
2. Drei Dinge bleiben nie lange verborgen: die Sonne, der Mond und die Wahrheit.

Wir lieben dich.
B xx

SEIN ODER NICHTSEIN

Ich war im Himmel! Ich ritt über ein Feld, die Sonne schien auf mich herab, und es war ganz still. Elegant und mühelos galoppierte ich von einem Ende des Feldes zum anderen; das Pferd und ich bewegten uns vollkommen im Einklang. Das Leben durchströmte mich in seinem unendlichen Kreislauf. Alles war unendlich, und ich war mit allem eins.

Ich sprang vom Pferd und setzte mich ins Gras. Die Feldblumen leuchteten in den herrlichsten Farben, die Blätter der Bäume waren grün wie Smaragde, der Himmel blau wie der Ozean. Alles, was ich sah, war lebendig! Ein unvorstellbares Gefühl des Friedens erfüllte mich. Hier herrschte keine Angst, hier gab es nichts zu fürchten. Ich war völlig frei von Ansichten, Werturteilen oder egoistischen Motiven. Alle selbstsüchtigen Gedanken und Motive waren von mir abgefallen und hatten mein wahres Ich zum Vorschein kommen lassen. Ich war grenzenlos. Mir war alles möglich, und es gab nichts, was ich nicht wusste. Ich war wie tot gewesen, doch nun war ich wieder zum Leben erwacht! Alles war vollkommen.

Nach einer kleinen Ruhepause stand ich wieder auf und schwang mich auf mein Pferd. Doch offensichtlich war ich mit zu großem Schwung aufgestiegen, denn ich rutschte prompt auf der anderen Seite wieder herunter. Mit einem dumpfen Aufschlag landete ich auf dem Boden. Da wurde mir klar, dass ich das alles nur geträumt hatte.

Mit einem Ruck saß ich kerzengerade im Bett. Vor mir saß die Barfüßige Indianerin in meinem Schlafzimmersessel.

»Guten Morgen«, begrüßte sie mich.

»Guten Morgen«, antwortete ich.

Ich versuchte mich so rasch wie möglich zu fassen und wieder in die Realität zurückzukehren.

»Ich hatte gerade einen wunderschönen Traum«, sagte ich und bemühte mich, meiner Stimme einen wachen Klang zu verleihen.

»Ich weiß«, sagte sie.

»Und woher weißt du das?«

»Ich weiß alles«, erwiderte sie, »genau wie du in deinem Traum.«

»Ich brauche ihn dir also gar nicht zu erzählen?«

»Nein.«

Allmählich kam ich wieder zu mir. »Wenn das Leben doch nur wirklich so schön wäre«, sagte ich.

»Aber das ist es doch«, sagte sie in einem Ton, der keinen Widerspruch zuließ. »Das Problem ist nur, dass du in deiner kleinen Welt behauptest, Vollkommenheit sei nur ein Traum und Unvollkommenheit die Realität. Ich in meiner Welt dagegen sage: Vollkommenheit ist die Realität und Unvollkommenheit ein Traum. Wach endlich auf!«

Ich ließ mich rücklings aufs Bett fallen, starrte an die Decke und dachte über ihre Worte nach. »In meinem Traum war alles vollkommen«, sagte ich. »Ich habe die Vollkommenheit mit eigenen Augen gesehen. Wie kommt das?«

»Du hast die Vollkommenheit gesehen, weil du selbst vollkommen warst«, sagte sie.

»Wenn ich etwas Unvollkommenes sehe, liegt das also nur daran, dass ich selbst unvollkommen bin?«

»Ja. Du siehst immer nur das, was aus deinem Herzen kommt. Dein Leben spiegelt dir nur das wider, was du für wahr hältst. Aber darüber kannst du später nachdenken, wenn du möchtest. Ich bin heute aus einem anderen Grund zu dir gekommen.«

»Oh«, sagte ich. »Und aus was für einem?«

»Ich wollte dich heute schon möglichst frühzeitig antreffen, weil ich wieder eine Aufgabe für dich habe«, erklärte sie. »Aber natürlich nur, wenn du dazu Lust hast.«

»Klar habe ich Lust«, sagte ich gespannt. »Was soll ich tun?«

»Verlebe deinen Tag einfach so, wie du es vorhattest. Irgendwann wirst du eine Chance erhalten, dich zwischen ›Sein oder Nichtsein‹ zu entscheiden.«

»Sein oder Nichtsein? Wie meinst du das?«, fragte ich.

»In deiner Welt gibt es immer eine Wahlmöglichkeit. Wie wir bereits besprochen hatten: Du kannst entweder der Mensch sein, der du wirklich bist, oder dein wahres Wesen verleugnen. Es ist, wie wenn du mit geschlossenen Augen in einem hell erleuchteten Raum stehst und behauptest, es sei dunkel. Du bist genau wie dieser Raum: hell erleuchtet, strahlend, klar und allmächtig. Trotzdem stehst du mit geschlossenen Augen da und bestehst darauf, dunkel, stumpfsinnig, trübe und machtlos zu sein. Was du bist, hängt einzig und allein von dir ab.«

»Aber warum sollte ich das tun?«, fragte ich. »Warum sollte ich mich selbst verleugnen – oder warum sollte irgendjemand anders so etwas tun? Wenn das, was du sagst, wirklich stimmt, warum verleugne ich dann mein wahres Wesen, das Licht?«

»Aus Angst«, antwortete sie. »Du hast dich schon so daran gewöhnt, im Dunkeln herumzutappen, dass du dich vor dem Licht, vor dem Unbekannten fürchtest. Die Dunkelheit ist dir inzwischen schon so vertraut geworden, dass du sie gar nicht mehr als Dunkelheit erkennst. Außerdem glaubst du den anderen Menschen, die zusammen mit dir in dem Zimmer sitzen und behaupten, es sei dunkel. Je mehr Leute das sagen, umso wahrer ist es in deinen Augen. Warum hast du nicht den Mut, dich zu deiner eigenen Meinung zu bekennen? Mach endlich die Augen auf!«

»Ich will es versuchen«, sagte ich unsicher.

»Viel Glück«, sagte sie. »Ich komme später wieder vorbei, um zu sehen, wie weit du damit gekommen bist.«

»Na gut. Dann also bis später«, sagte ich.

Mit diesen Worten verschwand sie und überließ mich meinem Schicksal. Ich sprang aus dem Bett und dachte an ihre Worte zurück: Verbringe deinen Tag einfach so, wie du es vorhattest – genau das tat ich dann auch. Ich wusch mich, stopfte ein paar Kleidungsstücke in den Wäschetrockner, frühstückte in aller Ruhe und machte mich dann auf den Weg in die nächstgelegene Stadt, um ein paar vorzeitige Weihnachtseinkäufe zu erledigen. Währenddessen ließ ich den Vormittag noch einmal Revue passieren, um sicherzugehen, dass ich meine »Chance« auch wirklich nicht verpasst hatte.

Es war ein typischer Wintertag: windig, nasskalt und unfreundlich. Sicher nicht der ideale Tag für Weihnachtseinkäufe; trotzdem war ich entschlossen, zumindest den größten Teil der Geschenke zu kaufen, die auf meiner Liste standen. Nachdem ich mehrere Stunden lang von Geschäft zu Geschäft gehetzt war, setzte ich mich in ein Café, um eine Tasse heiße Schokolade zu trinken, und dachte noch einmal über den bisherigen Tag nach. Nein, dachte ich, meine »Chance« war eindeutig noch nicht dagewesen.

Ich verließ das Café wieder, um meine restlichen Einkäufe zu erledigen. Gegen Nachmittag hatte ich keine Lust mehr und fuhr nach Hause. Auf den Straßen herrschte dichter Verkehr, sodass ich ziemlich lange für meinen Heimweg brauchte. Bei meiner Rückkehr war ich doch ein bisschen enttäuscht, weil meine »Chance« sich immer noch nicht geboten hatte. Erneut überdachte ich meinen bisherigen Tag ganz genau, um auch wirklich sicherzugehen, die Gelegenheit nicht verpasst zu haben.

Nach dem Abendessen nahm ich mir meine Bügelwäsche vor. In Gedanken versunken bügelte ich vor mich hin, bis ganz unerwartet die Barfüßige Indianerin vor mir stand.

»Hallo, da bin ich wieder«, sagte sie. »Und? Wie bist du vorangekommen?«

»Es gab keine ›Chance‹«, sagte ich. »Es war ein ganz normaler Tag.«

»Selbst normale Tage sind voller ›Chancen‹«, sagte sie.

»Du hast in jeder Sekunde die Möglichkeit, die Augen aufzumachen und das Licht zu sehen.«

»Das ist mir schon klar«, sagte ich. »Aber ich hatte eigentlich auf ein besonderes Ereignis gewartet.«

»Da siehst du es! Du bist schon so sehr an die Dunkelheit gewöhnt, dass dir das Ereignis gar nicht aufgefallen ist. Für dich war es etwas völlig Normales«, sagte sie.

»Welches Ereignis?«

»Das will ich von dir hören«, sagte sie. »Geh deinen Tag in Gedanken noch einmal durch. Vielleicht fällt es dir ja doch noch ein.«

Das war jetzt bestimmt das zehnte Mal, dass ich in Gedanken meinen Tag rekapitulierte, ohne irgendetwas Besonderes daran entdecken zu können. Aber ich ließ mir meine Frustration nicht anmerken.

»Okay«, sagte ich. »Nachdem du fortgegangen warst, habe ich ein paar Kleider gewaschen und in den Trockner gesteckt. Dann habe ich erst mal gemütlich gefrühstückt …« Ich erzählte ihr meinen ganzen Tagesablauf. Schließlich kam ich an den Punkt, wo ich meine heiße Schokolade getrunken und anschließend das Café verlassen hatte. Da rief die Barfüßige Indianerin plötzlich: »Halt! Was hast du beim Verlassen des Cafés gesehen?«

»Ähm … eigentlich nichts Besonderes. Es waren nur jede Menge Leute unterwegs«, antwortete ich.

»Als du aus dem Café kamst und nach rechts in die Haupteinkaufsstraße eingebogen bist, was hast du da auf deiner rechten Seite gesehen?«

»Ein Geschäft«, sagte ich.

»Und was war vor dem Geschäft?«

Darüber musste ich wirklich lange nachdenken, bis es mir doch wieder einfiel.

»Da saß ein Obdachloser mit einem Pappschild in der Hand. ›Ich habe Hunger‹, stand darauf.«

»Und was hast du getan?«, fragte sie.

»Ich habe ihn ignoriert«, sagte ich. Peinlich berührt versuchte ich mich zu rechtfertigen: »Ich habe wirklich kaum auf ihn geachtet. Ich war viel zu beschäftigt damit, ins nächste Geschäft zu kommen.«

»Hältst du es für normal, dass einer deiner Mitmenschen obdachlos ist und nichts zu essen hat?«, fragte sie. »Hast du deshalb nicht auf ihn geachtet? War er für dich nur ein Außenseiter der Gesellschaft, mit dem du nichts zu tun hattest?«

»Wahrscheinlich«, sagte ich und senkte beschämt den Kopf. »Aber was hätte ich denn tun sollen?«

»Woher willst du wissen, was du für einen Menschen tun kannst, wenn du ihn nicht einmal richtig wahrnimmst?«, fragte sie.

Darauf fiel mir beim besten Willen keine Antwort ein.

»Was für ein Gefühl hattest du, als du an ihm vorbeigingst? Woran dachtest du?«

»Mir war wahrscheinlich unwohl zumute. Ich glaube, ich hatte Angst. Er sah so trostlos und erbärmlich aus, und ich kam mir so machtlos vor. Deshalb fiel es mir leicht, wegzuschauen und ihn zu ignorieren.«

»Also hattest du ja doch deine ›Chance‹«, sagte sie. »Doch in diesem Augenblick war es für dich offensichtlich einfacher, ›nicht zu sein‹, die Augen zu verschließen und weiter im Dunkeln herumzutappen. Und nicht nur das: Mit deinem Verhalten hast du dafür gesorgt, dass auch dieser Mann im Dunkeln blieb.«

Da überkam mich ein ungeheuer schlechtes Gewissen. »Was kann ich tun?«, fragte ich sie.

»Noch ist nicht alles verloren. Wenn ich dir jetzt noch eine zweite Chance gebe, dich zwischen Sein oder Nichtsein zu entscheiden, welche Wahl wirst du dann treffen?«

»Ich werde mich für das Sein entscheiden«, versprach ich. »Verlass dich drauf!«

Kaum hatte ich diese Worte ausgesprochen, da stand ich auch schon vor einer Lehmhütte irgendwo in Indien. Die Luft war heiß, trocken und staubig.

Vor der Hütte saß eine junge Frau, die ein abgemagertes kleines Kind in den Armen hielt. Die Frau war sehr arm, das

Kind sehr hungrig und es weinte an der Brust seiner Mutter. Ich sah, dass die Frau eine leere Schale in der Hand hielt. Sie sah mir mit ihren großen braunen Augen direkt ins Gesicht und hielt mir ihre Schale entgegen. Ohne weiter nachzudenken, streckte ich die Hände aus, und es floss Reis daraus in ihre Schüssel. Der Reis schien aus dem Nichts herauszukommen, er fiel mir einfach aus den Händen. Doch in Wirklichkeit kam er aus der Tiefe meines Herzens; anders kann ich es nicht beschreiben. Als die Schale voll war, blickte die Inderin mich mit strahlendem Gesicht an, ihre Augen leuchteten vor Erleichterung.

»Danke«, sagte sie mit Tränen in den Augen. »Ich wusste, dass du kommen würdest. Ich habe darum gebeten.«

Dann war ich plötzlich wieder zu Hause, und die Barfüßige Indianerin saß neben mir.

»Gut gemacht«, lobte sie mich. »Was war das für ein Gefühl, zur Abwechslung einmal zu *sein*?«

»Es war wunderbar, unbeschreiblich – und es ging wie von selbst. Als sei es das Natürlichste von der Welt.«

»Ich lasse dich jetzt eine Weile allein«, sagte sie. »Du musst darüber nachdenken, was du gerade getan hast.«

»Danke«, sagte ich.

»Wofür bedankst du dich? Ich habe doch gar nichts getan – alles hing von dir ab«, sagte sie und verschwand mit diesen Worten.

Ich saß vollkommen still da, denn ich musste das, was gerade passiert war, erst einmal verarbeiten. Ich war nicht nur in Gedanken, sondern auch mit meinem Körper in Indien gewesen. Diese Erkenntnis traf mich wie ein Blitz. Freudentränen stiegen aus meinem Herzen empor wie aus einer Quelle. Sie liefen mir übers Gesicht, ohne dass ich etwas dagegen tun konnte. Ein solches Wunder konnte nur »die universelle Energie« bewirkt haben.

Weinend schrieb ich in mein Notizbuch:

ICH

Meine Nase – perfekt!
Mein Kummer – unnötig
Mein Atem – lebendig
Meine Motive – trügerisch
Meine Taschen – leer
Mein Reichtum – unendlich
Meine Sicht – klar
Mein Geist – übervoll
Mein Herz – offen
Meine Ohren – scharf wie die eines Hundes
Mein Mund – geschlossen
Meine Werturteile – machtlos
Meine Lieblingsfrage – Wie meinst du das?
Meine Ansichten – einschränkend
Mein Hintern – tut weh!
Mein Gesicht – schön
Meine Gedanken – falsch
Meine Fähigkeiten – erstaunlich
Meine Füße – können übers Wasser gehen
Mein Zimmer – dreht sich!
Mein Gelächter – versiegt niemals
Meine Gespräche – wortlos
Mein Handeln – unglaublich
Meine Träume – Realität
Meine Realität – ein Traum
Meine Beine – tragen mich überallhin
Meine Hände – können nur geben
Meine Tränen – reinigen mich

An diesem Abend war ich so sehr mit den Ereignissen des vergangenen Tages beschäftigt, dass ich mir nicht einmal mehr die Mühe machte, meine E-Mails abzurufen.

Am nächsten Morgen erwachte ich aus dem friedlichsten Schlaf, den ich je erlebt hatte. Ich wachte in der gleichen Haltung auf, in der ich eingeschlafen war, als hätte ich mich während der ganzen Nacht nicht bewegt, und geträumt hatte ich auch nicht.

Beim Frühstück fiel mir plötzlich ein, dass ich meine E-Mails am Vorabend nicht abgerufen hatte. Erwartungsvoll schaltete ich meinen Computer ein, um zu sehen, was die Hauptverwaltung wohl zu meinem gestrigen Ausflug nach Indien sagte. Doch zu meinem Erstaunen kam die Mail diesmal gar nicht von der Hauptverwaltung, sondern von meiner Mutter. Und das Erstaunlichste daran war, dass sie es überhaupt geschafft hatte, eine E-Mail zu versenden! Sie schickte mir ein Gedicht, über das ich lachen musste, weil es den Nagel so sehr auf den Kopf traf:

Für meine geliebte Tochter

»Das irdische Leben, liebe Mama,
ist nur zur Wahrheitssuche da.
Mein Streben ist hier auf der Erde,
dass ich nie mehr wiedergeboren werde.«
So sprach meine Tochter leise,
sie war ja schon immer so weise.
Und ich dachte: Nicht schlecht,
da hat sie sicher Recht,
und begann nach der Wahrheit zu suchen.
Doch schon bald fing ich an zu fluchen:
Verdammt, wo liegt sie versteckt?
In meinem Geist, meinem Intellekt?
»Nein!«, rief meine Tochter, »so wird es nicht geh'n,
Die Wahrheit kann man nur mit dem Herzen seh'n.
Du brauchst nur danach zu fragen,
deine innere Stimme wird dir die Antwort sagen.«
Was tun? Ich hab viele Bücher gelesen,
bin überall auf der Suche gewesen.
Ein paar Antworten fand ich wohl,
doch wird mein Kopf langsam hohl.
Und immer wenn ich denke: Endlich!

Jetzt wird das Wesen aller Dinge erkenntlich,
Spricht der Himmel: Du armer Wicht,
so weit bist du noch lange nicht.
Drum weiß ich nach wie vor nicht viel
Und bin immer noch nicht an meinem Ziel.
Wand're weiter durch die Welt der Illusion ...
Aber was macht das schon?

WILLKOMMEN IM CHAOS!
Liebe Grüße,
Deine Mama xxx

EIN ECHTER RENNER

Danach ließ sich die Barfüßige Indianerin eine ganze Weile nicht mehr blicken. Wahrscheinlich wollte sie mir Zeit lassen, die Ereignisse der letzten Tage zu verdauen, meine Gedanken zu ordnen und auf den neuesten Stand zu bringen. Für mich war das fast so etwas wie eine Art Prüfungsvorbereitung.

Eines Nachmittags, als ich mir zur Abwechslung einen faulen Tag machen wollte, schaute sie plötzlich wieder bei mir herein. Es war Sonntag, und ich hatte nicht viel zu tun – genau der richtige Tag, um faul auf dem Sofa herumzuliegen und sich einen schönen Film anzuschauen.

»Hallo«, begrüßte sie mich. »Wie geht's?«

»Fantastisch«, antwortete ich.

»Ich habe nichts anderes erwartet«, sagte sie und setzte sich. Mir fiel auf, dass sie einen kleinen gepolsterten Briefumschlag in der Hand hielt, beschloss aber, sie nicht danach zu fragen. Sie würde mir schon zu gegebener Zeit verraten, was es damit auf sich hatte.

»Schön, dass du gekommen bist!«, sagte ich. »Ich habe nämlich ein paar Fragen an dich.«

»Kein Problem. Dafür bin ich schließlich da«, lächelte sie. »Schieß los!«

»Also gut. Warum ist es eigentlich so schwer, die ›universelle Energie‹ als Realität zu akzeptieren?«

»So schwer ist es doch gar nicht«, antwortete sie. »Die ›universelle Energie‹ als Realität zu akzeptieren, ist im Grunde ganz einfach. Das Problem liegt allein darin, das Begrenzte als Nicht-Realität zu erkennen. Du klammerst dich immer noch viel zu sehr an deine Begrenzungen.«

»Da hast du Recht«, stimmte ich zu und stellte meine nächste Frage.

»Ich habe das Gefühl, mein ganzes Leben lang irgendetwas gesucht zu haben, ohne genau zu wissen, was. War es die ›universelle Energie‹, wonach ich suchte?«

»Ich will es so ausdrücken: Dein Leben läuft so ähnlich ab wie die Arbeit am Computer«, sagte sie. »Wenn du etwas im Internet suchst, gibst du den entsprechenden Suchbegriff ein und wirst auf eine Seite geführt. Während du diese Seite liest, stößt du auf einen weiteren Link, der dich interessiert, und klickst darauf. Das führt dich wieder zur nächsten Seite, und so weiter. So kann man stundenlang weitermachen. Nach ein paar Stunden hast du dann vielleicht vergessen, wonach du ursprünglich suchtest, im wahrsten Sinn des Wortes hast du dich im ›Netz‹ verfangen. Mit deinen Gedanken ist es genauso: Ein Gedanke führt dich zum nächsten und wieder zum nächsten, und so weiter. Eigentlich wurde das Internet genauso konzipiert wie das menschliche Gehirn. Du suchst ständig nach irgendetwas, hast dich dabei aber inzwischen schon so sehr verirrt, dass du nicht mehr weißt, was es ist.«

»Ja, es ist tatsächlich so«, sagte ich.

»Aber deshalb brauchst du nicht den Mut zu verlieren«, tröstete sie mich. »Nicht die Suche ist wichtig, sondern derjenige, der sucht. Solange du auf der Suche bist, weißt du wenigstens, dass es jemanden gibt, der sucht. Aber irgendwann wird dir die Sucherei zu viel werden, und wenn du damit aufhörst, was bleibt dann noch übrig?«

»Der Mensch, der vorher auf der Suche war«, antwortete ich.

»Richtig«, sagte sie. »Und dieser Mensch war in Wirklichkeit identisch mit der Sache, nach der er suchte.«

»In Wirklichkeit suche ich also gar nicht nach der ›universellen Energie‹, sondern nach mir selbst?«, fragte ich.

»Wieso glaubst du, dass es zwischen diesen beiden Dingen einen Unterschied gibt?«, lachte sie. »Denk einmal über diese Frage nach.«

»Amen!«, sagte ich.

»Amen«, wiederholte sie.

Ich ging in die Küche, um uns etwas zu trinken zu holen, obwohl das eigentlich gar nicht nötig gewesen wäre, schließlich konnte die Barfüßige Indianerin mühelos ein paar Getränke aus dem Nichts herbeizaubern. Aber der Mensch ist nun mal ein Gewohnheitstier. Nachdem ich die Drinks zubereitet hatte und wieder ins Wohnzimmer zurückgekehrt war, hatte ich noch eine weitere Frage an sie.

»Als ich den kleinen Ausflug nach Indien machte, war ich tatsächlich mit meinem physischen Körper dort. Aber ich verstehe nicht, wie das passieren konnte. Wie war das möglich? Ich zerbreche mir ständig den Kopf darüber. Könntest du mir nicht helfen, ein bisschen mehr Licht in die Sache zu bringen?«

»Ja«, erwiderte sie. »Wenn du deinen Körper beobachtest, wirst du feststellen, dass er immer nur das tut, was du gerade denkst.«

»Wie meinst du das?«, fragte ich.

»Als du vor ein paar Minuten in die Küche gingst, hattest du den Gedanken, dorthin zu gehen, und dein Körper hat diese Anweisung befolgt. Er macht immer nur das, was du willst. Er besitzt keinen eigenen Verstand. In Wirklichkeit seid ihr beide – du und dein Körper – eine Einheit.

Dein Körper ist genau das, als was du ihn definierst. Er kann nur das tun, was du ihm zutraust. Es ist ein weit verbreiteter Irrtum von euch, zu glauben, dass ihr von eurem Körper beherrscht werdet. Dabei ist es in Wirklichkeit umgekehrt: Ihr beherrscht euren Körper.«

»Du meinst also, meine Reise nach Indien war im Grunde genommen nichts anderes, wie wenn ich in die Küche gehe, um mir etwas zum Trinken zu holen?«

»Ja. Nur bist du auf andere Weise dorthin gekommen«, sagte sie, »nämlich ohne räumliche Begrenzungen. Um deinen Körper in vollkommener Freiheit bewegen zu können, brauchst du einfach nur dein Ziel zu kennen und dir bewusst zu machen, dass du bereits dort angekommen bist. Übe dich einmal darin! Du wirst staunen, wie gut das funktioniert.«

»Ich werde es üben«, versprach ich. »Aber ich habe trotzdem keine Kontrolle darüber, dass mein Körper altert oder krank wird, nicht wahr?«, fragte ich ängstlich.

»Ich will dir noch eine kleine Denkaufgabe mit auf den Weg geben«, sagte sie. »Wenn das, was alles Leben ermöglicht, vollkommen und Ehrfurcht gebietend ist, über alle Grenzen erhaben, unendlich, gütig, rein und lebendig ist – wie kann eine solche Macht dann etwas erschaffen, was altert und krank wird? Warum sollte sie so etwas tun?«

»Das würde sie sicherlich nicht tun«, erwiderte ich, »und sie könnte es auch gar nicht.«

»Na gut. Dann denk mal über diese Frage nach«, sagte sie.

Wir saßen eine Weile schweigend da. Plötzlich griff die Barfüßige Indianerin nach dem gepolsterten Umschlag, der neben ihr lag.

»Das hätte ich beinahe vergessen«, sagte sie. »Ich habe eine DVD mitgebracht, die wir uns anschauen können. Willst du sie sehen?«

»Was ist denn drauf?«, fragte ich.

»Ein Film.«

»Ja, das wäre schön«, sagte ich. »Wie heißt er denn?«

»Der Titel lautet ›Heilung aus der Sicht eines Meisters‹«, antwortete sie.

»Und worum geht es darin?«, fragte ich nervös.

»Um Heilung aus der Sicht eines Meisters«, antwortete sie voller Enthusiasmus. »Der Film wurde vor ein paar Jahren gedreht und zeigt die Welt aus der Sicht eines Meisters. Er zeigt auch, wie dieser Mann die Kranken geheilt hat.«

»Klingt faszinierend«, sagte ich sarkastisch.

»Ich glaube, du bist jetzt in deiner Entwicklung weit genug fortgeschritten, um ihn dir anschauen zu können«, meinte sie.

»Na schön, wenn es unbedingt sein muss ...«, seufzte ich. Mit leichtem Widerwillen nahm ich ihr die DVD aus der Hand. Die Schachtel war mit schwungvollen Ornamenten in leuchtenden und dennoch ruhigen, friedvollen Farben verziert. Oben stand der Titel des Films. Ich schob sie in meinen DVD-Player und lehnte mich zurück, um mir den Film anzuschauen.

Lustlos drückte ich auf die Fernbedienung. Als Erstes zeigte der Film eine weite Ebene in einem sehr heißen Land. Das Land war staubig und ausgedörrt. Nur in der Ferne standen ein paar grüne Bäume. Das schien wirklich eine ziemlich karge, gottverlassene Gegend zu sein. Der Film zeigte die Landschaft aus einer ungewöhnlichen Perspektive, so als sähe man sie durch die Augen eines anderen Menschen. Ich betrachtete das Geschehen des Films gewissermaßen so, als sei ich die Hauptfigur. Alles war in helles Licht getaucht und schien lebendig zu sein. Auch die Bäume sahen ganz anders aus als sonst – es war, als atmeten sie. Die Sonne am Himmel und die in der Ferne liegenden Hügel schimmerten in einem goldenen Licht, alles war von diesem hellen Lichtschein umgeben. Die Schafe, die in meiner Nähe weideten, schienen keine Angst vor mir zu haben. Hier gab es nichts zu fürchten. Alle Farben leuchteten, und alles war mit einer Deutlichkeit zu erkennen, als sei es von einer extrem scharf eingestellten Kamera aufgenommen worden.

Ich war beeindruckt von dem Frieden und der Schönheit, die mich in dieser Filmlandschaft umgaben. Da sah ich plötzlich einen hochgewachsenen Mann auf mich zukommen. Er trug ein schmuddeliges braunes Gewand, war aber ebenfalls in einen goldenen Lichtschleier gehüllt, der aus seinem Inneren zu kommen schien. Als er näherkam, fiel mir etwas Seltsames auf: Dieser Mann schien nur aus Licht zu bestehen. Er war in jeder Hinsicht vollkommen, gesund und lebendig. Allerdings hielt er sich offenbar aus irgendeinem Grund für krank. Er weinte und hielt sich die Wange, als habe er Schmerzen. Ich verstand nicht, warum. Ihm fehlte doch gar nichts. Träumte er? Da hob der Meister (oder die andere Person, durch deren Augen ich diesen Film sah) die Hand und legte sie sanft an das Gesicht des Mannes. Der Mann seufzte vor Erleichterung und ein Lächeln breitete sich auf seinem Gesicht aus.

»Danke«, sagte er und sank auf die Knie.

Die Schmerzen, an denen er vermutlich vorher gelitten hatte, waren verschwunden. Er erhob sich und ging seiner Wege.

Ich drückte auf den Pausenknopf der Fernbedienung und wandte mich fragend an die Barfüßige Indianerin. »Dieser Mann bildet sich ein, gerade geheilt worden zu sein!«, rief ich ungläubig. »Und dabei hat ihm doch gar nichts gefehlt.«

»Ja, ich weiß. Komisch, nicht?«, lächelte sie.

»Und der Meister hat dieses ganze Theater auch noch mitgemacht. Warum eigentlich?«, fragte ich.

»Dieser Mann hat nur geträumt. Im Traum glaubte er, krank zu sein; und der Meister hat ihn aufgeweckt, damit er merkt, dass mit ihm alles in Ordnung ist«, erklärte sie. »Der Meister liebte diesen Mann so sehr, dass er ihm dabei helfen wollte, die Augen aufzuschlagen und die Realität zu sehen.«

»Aber wie hat er ihn dazu gebracht, die Augen aufzuschlagen?«, fragte ich.

»Indem er ihn berührte«, antwortete sie. »Wenn ein Kind im Bett liegt und einen bösen Traum hat, wie würdest du es dann aufwecken?«

»Ich würde es sanft und liebevoll berühren«, antwortete ich.

»Richtig«, sagte sie. »Und genau das hat der Meister mit dem Mann auch getan.«

»Aber warum hat der Mann nicht irgendjemand anderen um Heilung gebeten? Warum ist er ausgerechnet zu dem Meister gegangen?«, fragte ich.

»Weil der Meister wach ist«, antwortete sie. »Nur die Wachen sind in der Lage, die Schlafenden aufzuwecken.«

»Das ist ja erstaunlich!«, rief ich. »Und gleichzeitig so einfach – in Wirklichkeit gibt es gar keine Krankheit, die geheilt werden müsste. Ich hatte mir wegen des Heilens so große Sorgen gemacht, und dabei braucht man den Leuten in Wirklichkeit nur einen kleinen Anstoß zu geben!«

»Wenn du es so ausdrücken willst – ja«, sagte sie.

»Aber woher wusste dieser Mann, dass der Meister wach war?«, fragte ich, immer noch voller Begeisterung über diese »Wunderheilung«.

»Genauso, wie die Motten sich zum Licht hingezogen fühlen. Hast du schon mal eine Motte oder einen Nachtfalter beobachtet, der zum Licht hinfliegt? Man hat den Eindruck, er sei verrückt geworden. Er flattert wie wild umher und stößt dauernd mit irgendwelchen Gegenständen zusammen. Oberflächlich betrachtet, sieht es tatsächlich so aus, als habe er sich verirrt und finde seinen Weg nicht. Doch in Wirklichkeit weiß er ganz genau, wo er hinwill. Wenn er dann endlich zur Lichtquelle gefunden hat und sich dort ausruht, ist alles gut. Er ist mit sich und der Welt im Einklang, und es herrscht Ruhe und Frieden«, antwortete sie.

»Besser hätte ich das auch nicht ausdrücken können!«, sagte ich, denn was ich gerade gesehen hatte, erinnerte mich tatsächlich sehr an den Flug einer Motte zum Licht.

Neugierig schaltete ich die DVD wieder ein. Ich wollte unbedingt noch mehr erfahren. Ich beobachtete, wie der Mann den Hügel wieder hinabstieg und an einem anderen Mann vorbeikam, der sich in unsere Richtung bewegte. Dieser andere Mann humpelte und wieder konnte ich nicht erkennen, was ihm eigentlich fehlte. In meinen Augen schien er bei bester Gesundheit zu sein und doch glaubte er offenbar, er habe ein krankes Bein. Der Meister legte beide Hände um sein Bein und siehe da: Auch dieser Mann war von einer Sekunde auf die andere »geheilt«.

Mit großem Interesse verfolgte ich den Rest des Films. Er zeigte noch mehr Beispiele solcher »Wunderheilungen«. Aber ich möchte meine Leser nicht mit den Details langweilen. Am besten, ihr schaut euch den Film selbst an.

Er dauerte ungefähr zwei Stunden und als er zu Ende war, saß ich sprachlos da, unfähig, mich zu rühren.

»Und? Hat dir der Film gefallen?«, fragte die Barfüßige Indianerin.

»Ja, sehr«, antwortete ich.

»Hast du etwas daraus gelernt?«

»Ja, eine ganze Menge – obwohl es in Wirklichkeit gar nichts zu lernen gab«, lächelte ich. »Wenn ich die Wahrheit über die ›universelle Energie‹ in einem Satz zusammenfassen soll, würde ich sagen: Sie ist das, was ich schon immer wusste und mir nur nie richtig klargemacht habe.«

»Seltsam, dass du das sagst«, meinte sie.

»Warum?«

»Weil einer unserer Kollegen ein Buch mit diesem Titel geschrieben hat. Es ist ein hervorragendes kleines Büchlein, es hilft, das Netz der Illusionen zu entwirren, die du für wahr hältst. Wie Wasser, das auf einen Stein tropft, höhlt es diese Illusionen sanft aus, bis nichts mehr davon übrig ist.«

»Und warum habe ich kein Exemplar dieses Buches erhalten?«, fragte ich.

»Du hast doch mich«, sagte sie.

Ohne darüber nachzudenken, platzte es aus mir heraus: »Ich glaube, jetzt bin ich bereit für die Prüfung.«

»Wunderbar!«, rief sie. »Ich werde alles Nötige veranlassen.«

»Okay«, sagte ich.

Dann musste sie gehen. Ich bedankte mich bei ihr für den Film, und sie erklärte, ich könne die DVD behalten.

»Ich melde mich bald wieder bei dir«, versprach sie. »Bis bald.«

Mit diesen Worten war sie verschwunden.

Was für eine wunderbare Art, einen Sonntagnachmittag zu verbringen, dachte ich. Dieser Film war wirklich ein echter Renner.

Euphorisch griff ich zu Kugelschreiber und Notizbuch und schrieb:

ICH

Meine Nase – perfekt!
Mein Kummer – unnötig
Mein Atem – lebendig
Meine Motive – trügerisch
Meine Taschen – leer
Mein Reichtum – unendlich
Meine Sicht – klar
Mein Geist – übervoll
Mein Herz – offen
Meine Ohren – scharf wie die eines Hundes
Mein Mund – geschlossen
Meine Werturteile – machtlos
Meine Lieblingsfrage – Wie meinst du das?
Meine Ansichten – einschränkend
Mein Hintern – tut weh!
Mein Gesicht – schön
Meine Gedanken – falsch
Meine Fähigkeiten – erstaunlich
Meine Füße – können übers Wasser gehen
Mein Zimmer – dreht sich!
Mein Gelächter – versiegt niemals
Meine Gespräche – wortlos
Mein Handeln – unglaublich
Meine Träume – Realität
Meine Realität – ein Traum
Meine Beine – tragen mich überallhin
Meine Hände – können nur geben
Meine Tränen – reinigen mich
Mein Körper – grenzenlos
Meine Gesundheit – alles bestens

Dann schaltete ich den Computer ein und fand folgende Mail in meinem Posteingang:

Interne Mitteilung

Liebe Praktikantin,
wir freuen uns, dass du jetzt bereit bist, deine Prüfung abzulegen, und werden deshalb in Kürze auf dich zukommen. Könntest du in der Zwischenzeit noch über Folgendes nachdenken? Vielleicht hilft dir das ein wenig weiter:

1. Jeder Mensch ist der Autor seiner eigenen Gesundheits- oder Krankheitsgeschichte.
2. Wenn du das ganze Universum nach einem Menschen durchsuchst, der deine Liebe und Zuneigung mehr verdient hat als du – du wirst ihn nicht finden. Du selbst verdienst deine Liebe und Zuneigung ebenso sehr wie alle anderen Lebewesen im Universum.
3. Genau wie eine Kerze ohne Feuer nicht brennen kann, können Menschen ohne Spiritualität nicht existieren.

Wir freuen uns darauf, dich bald zu sehen.
Liebe Grüße von uns allen,
Xx

ENDSPURT

Aus meiner bisherigen Erfahrung wusste ich: Wenn die Barfüßige Indianerin oder irgendjemand anders von der Hauptverwaltung sagte, dass er oder sie sich bald bei mir melden würde, hatte das nicht unbedingt viel zu bedeuten. Es konnte Monate dauern, bis dann auch wirklich jemand mit mir Kontakt aufnahm. Für mich bedeutete das Wörtchen »bald« in ein bis zwei Wochen, doch für meine Arbeitgeber in der Hauptverwaltung schien so etwas wie Zeit kaum zu existieren. Das wurde mir allmählich immer klarer. Zeit ist eine Begrenzung, ein Kunstgriff unseres rationalen Verstandes, um das Leben in eine gewisse Ordnung zu bringen. Doch die »universelle Energie« kennt keine Zeit.

Ich traute mir ohne Weiteres zu, die Prüfung zu bestehen, da der Termin allerdings noch nicht feststand, schob ich den Gedanken daran vorläufig beiseite. Inzwischen war ich an einem Punkt angelangt, wo es für mich nichts mehr zu tun gab. Die Ausbildung schien beendet zu sein. Jetzt brauchte ich nur noch abzuwarten, bis die Hauptverwaltung sich meldete. Ich beschloss, das Beste aus dieser Wartezeit zu machen, und übte und wiederholte noch einmal alles, was ich gelernt hatte.

Es bereitete mir nach wie vor Probleme, meinen Körper über alle räumlichen Grenzen hinweg zu bewegen. Die Bewegung selbst gelang mir zwar inzwischen mühelos, allein den erwünschten Ort zu erreichen, bereitete mir einige Schwierigkeiten. So landete ich beispielsweise im Badezimmer, wenn ich eigentlich in die Küche wollte, oder fand mich plötzlich in Liverpool wieder, obwohl ich eigentlich einen Wochenendausflug nach London geplant hatte. Aber so ein großes Problem war das für mich eigentlich nicht, ich musste eben nur noch ein bisschen an meiner Methode feilen. Zumindest konnte ich mich auf Wunsch von einem Ort zum anderen bewegen. Wie heißt es im Buddhismus so schön? »Der Weg ist das Ziel.« Außerdem gibt es ja auch noch ein altes Sprichwort, das besagt, dass Übung den Meister macht. Bei mir war das ganz offensichtlich der Fall.

Nach langer Anlaufzeit meisterte ich die Kunst der grenzenlosen Bewegung im Raum aber schließlich doch noch. Jetzt konnte ich mich im Bruchteil einer Sekunde dorthin versetzen, wo ich sein wollte. Kurz nachdem ich mich in dieser Kunst vervollkommnet hatte, erschien die Barfüßige Indianerin wieder bei mir.

»Gut gemacht!«, lobte sie mich und grinste über das ganze Gesicht. »Jetzt bist du bereit fürs Examen. Wir hatten nur darauf gewartet, dass du noch ein paar Dinge zu Ende bringst, und nun ist es so weit.«

»Ich wusste gar nicht, dass ihr auf mich gewartet habt«, sagte ich.

»Doch, so funktioniert das bei uns«, sagte sie. »Du bestimmst, wo es langgeht. In deinem Leben geschieht nichts, was du nicht selbst beschlossen hast.«

»Ach ja, natürlich!«, lachte ich. »Das hatte ich völlig vergessen. Danke, dass du mich daran erinnerst.«

Ich freute mich sehr, sie zu sehen. Schließlich konnte sie nur aus einem Grund gekommen sein: nämlich, um mir mitzuteilen, wann und wo mein Examen stattfinden würde.

»Hast du Neuigkeiten für mich wegen der Prüfung?«, fragte ich.

Ich wartete gespannt auf ihre Antwort, während sie sich graziös in meinem großen, bequemen Wohnzimmersessel niederließ.

»Ja«, sagte sie. »Sie findet heute Nachmittag statt.«

»Heute Nachmittag?«, wiederholte ich und war plötzlich sehr nervös. »Und wo muss ich dazu hingehen?«

»Nirgends. Man wird dir deine Prüfungsaufgaben per Mail schicken. Du brauchst das Formular nur auszufüllen und an die Hauptverwaltung zurückzusenden.«

»Oh«, sagte ich. »Aber woher wissen sie denn dann, dass ich bei den Aufgaben nicht schummele?«

»Wie könntest du?«, fragte sie zurück. »Außer dir weiß doch niemand die Antworten.«

»Doch – du«, sagte ich.

»Nein«, widersprach sie. »Jeder hat seine eigenen Antworten. Ich kenne nur *meine* Antworten.«

Irgendwie hatte ich das Gefühl: Egal, wie viel ich inzwischen gelernt hatte oder zu wissen glaubte – es würde immer noch mehr zu lernen geben.

»Aber ich werde während der Prüfung bei dir sein und beobachten, wie gut du vorankommst, und wenn du mich brauchen solltest, bin ich selbstverständlich für dich da. Aber ich glaube nicht, dass das der Fall sein wird.«

»Danke«, sagte ich. »Das ist nett von dir.«

Allmählich wurde ich immer nervöser, ohne eigentlich zu wissen, warum. Vielleicht begann ich nun doch an meinen Fähigkeiten zu zweifeln.

»Mach dir keine so großen Sorgen deshalb, es wird schon alles gut gehen. Außerdem ist das schriftliche Examen sowieso nicht so wichtig wie die Noten, die du während deines Praktikums erhalten hast. Die schriftliche Prüfung dient nur dazu, noch ein paar letzte offene Fragen zu klären und sicherzugehen, dass du alles weißt, was du wissen musst. Die Prüfungsaufgaben sind genau auf dich zugeschnitten. Deshalb wissen wir auch nicht, wie lange das Examen dauern wird. Das erfahren wir erst, wenn die Aufgaben kommen«, sagte sie.

»Und wann wird das sein?«, fragte ich.

»Die Aufgaben kommen, wenn sie kommen«, antwortete die Barfüßige Indianerin.

Dem war beim besten Willen nichts hinzuzufügen.

»Wir könnten heute Vormittag noch ein paar offene Fragen miteinander durchgehen«, schlug sie vor.

»Gute Idee«, sagte ich.

»Hast du noch Fragen an mich? Gibt es irgendetwas, worüber du dir noch nicht ganz im Klaren bist?«, fragte sie in einem Ton, als wisse sie genau, dass das der Fall war.

Ich dachte eine Weile nach und suchte in Gedanken nach offenen Fragen, die noch in einem versteckten Winkel meines Gehirns lauerten. Und dann fiel mir tatsächlich eine ein.

»Ja, es gibt noch etwas«, sagte ich.

»Na, dann schieß los«, forderte sie mich auf.

»Bei meinem Vorstellungsgespräch in der Hauptverwaltung hat J.C. zu mir gesagt, es gebe für jedes Problem nur eine einzige Lösung. Im Grunde müsste ich nur eines wissen.«

»Ja, das stimmt. Sprich weiter«, sagte sie.

»Ich verstehe voll und ganz, dass es für jedes Problem nur eine einzige Lösung gibt – und diese Lösung ist die ›universelle Energie‹. Mir ist klar, dass alle Probleme nur aus unseren selbst auferlegten Begrenzungen herrühren und dass die einzige Lösung darin besteht, grenzenlos zu sein. Aber den zweiten Teil der Antwort – dass es nur eines gibt, was ich wissen muss –, den habe ich nach wie vor nicht verstanden.« Ich dachte einen Augenblick nach. »Was ist denn das für eine Sache, die ich wissen muss? Ich habe während meiner ganzen Ausbildung darüber nachgedacht, bin aber trotzdem immer noch keinen Schritt weitergekommen. Vielleicht kannst du mir helfen?«

»Leider nicht. Es ist nicht meine Aufgabe, dir das zu verraten. Aber eines kann ich dir sagen: Du wirst eine Chance bekommen, die Antwort zu erfahren, wenn wir in der Hauptverwaltung sind.«

»Und wann soll ich wieder in die Hauptverwaltung kommen?«, fragte ich.

»Sobald du mit deiner Prüfung fertig bist. Wir fahren später gemeinsam dorthin«, antwortete sie. »Das Examen hat nämlich noch einen letzten Teil, der dort stattfinden wird. Es ist eine praktische Aufgabe.«

»Klingt interessant«, sagte ich. »Und wann erfahre ich die Ergebnisse?«

»Wenn alles gut geht, vielleicht schon heute Abend«, sagte sie.

»Theoretisch könnte ich also schon heute Abend zum weiblichen Messias befördert werden, wenn ich die Prüfung bestehe?«

»Ja, wahrscheinlich wirst du heute Abend befördert«, sagte sie mit vielsagendem Lächeln.

»Ich kann es kaum noch erwarten!«, rief ich aufgeregt.

»Du brauchst ja auch nicht mehr lange zu warten«, beruhigte sie mich. »Gibt es sonst noch Fragen?«

»Ja, noch eine. Es ist zwar nicht besonders wichtig, aber ich habe mich schon immer gefragt, wie viele Leute sich eigentlich um diesen Posten beworben haben.«

»Nur du!«, antwortete sie prompt.

»Nur ich?«, fragte ich erstaunt. »Ich dachte, es hätten sich Tausende von Leuten um die Stellung beworben.«

»Nein, nur du«, wiederholte sie.

»Warum? Wie hoch war die Auflage der Zeitung, in der ihr die Anzeige veröffentlicht habt? Wie viele Leute haben sie gelesen?«

»Nur du hast sie gesehen und nur du hast dich darauf gemeldet«, antwortete sie.

Da stellte ich ihr wieder einmal meine Lieblingsfrage, von der ich eigentlich gehofft hatte, sie für immer und ewig aus meinem Wortschatz verbannen zu können: »Wie meinst du das?«

»Die Menschen sind verschieden. Jeder reagiert auf ein anderes Signal – auf seinen ganz besonderen Weckruf. Deine Aufmerksamkeit konnten wir am besten mit einer Anzeige wecken, die dich persönlich ansprach, und wir setzten sie bewusst an eine Stelle, wo sie nur dir auffallen würde. Andere Leute sprechen wir mithilfe anderer Signale an. Es gibt so viele verschiedene Möglichkeiten, wie Menschen auf der Erde leben.«

»Das ist ja faszinierend«, sagte ich. »Ich wette, dass es

euch viel Spaß macht, euch solche Signale auszudenken, um die Menschen auf euch aufmerksam zu machen.«

»Ja, das ist immer sehr lustig«, sagte sie. »Am besten war der Trick mit den Heiligen Drei Königen und der Krippe.«

»Und wie war es bei dir?«, fragte ich.

»Mein Signal war alles andere als ruhmreich«, seufzte sie. »Ich fiel vom Pferd und wurde ohnmächtig. In diesem Zustand der Bewusstlosigkeit nahm die Hauptverwaltung Kontakt mit mir auf.«

»Wie peinlich!«, sagte ich. »Aber das Ergebnis kam auf das Gleiche heraus.«

»Ja, das Ergebnis kam auf das Gleiche heraus «, bestätigte sie. »Du siehst also: Du bist nicht die einzige ›Auserwählte‹. So etwas gibt es nicht. Alle sind auserwählt, sie müssen nur die Signale erkennen.«

»Wie wunderbar«, sagte ich.

Damit war unser Gespräch zu Ende. Ich stand auf, um nachzusehen, ob die E-Mail mit meinen Prüfungsaufgaben schon gekommen war. Aber sie war immer noch nicht da. Eigentlich hätte ich gar nicht nachzuschauen brauchen, denn mein Computer meldete sich ja immer, wenn ich eine Mail bekam. Vermutlich war ich einfach zu aufgeregt und ungeduldig, um ruhig sitzen zu bleiben.

»Hast du Hunger?«, fragte die Barfüßige Indianerin.

»Eigentlich nicht. Ich glaube nicht, dass ich jetzt etwas hinunterbringen könnte«, antwortete ich.

»Versuch trotzdem etwas zu essen«, empfahl sie mir. »Du hast heute noch einen langen Tag vor dir. In der Küche steht etwas für dich.«

Ich nahm sie beim Wort und ging in die Küche und tatsächlich: Eine Platte mit Räucherlachs-Sandwiches und Saft standen für uns bereit. Ich trug die Platte ins Wohnzimmer, wir setzten uns hin und aßen. Als wir fertig waren, hörte ich endlich die vertraute schnarrende Techno-Stimme, mit der mein Computer mir immer meine E-Mails ankündigte.

Ich sprang auf und warf einen Blick auf die Mail. Sie war tatsächlich von der Hauptverwaltung.

»Die Aufgaben sind da!«, rief ich aufgeregt.

»Na wunderbar«, sagte sie. »Aber lass dir ruhig Zeit damit, du brauchst dich nicht zu hetzen. Trink erst deinen Saft aus, dann kannst du anfangen.«

Also setzte mich wieder zu ihr und setzte das Glas an den Mund. Inzwischen war ich schon ziemlich nervös. Es war sicherlich eine gute Idee, erst mal eine Weile sitzen zu bleiben und innerlich zur Ruhe zu kommen. Sobald meine Nervosität sich ein wenig gelegt hatte, ging ich zum Computer hinüber und las die Mail.

Interne Mitteilung

Liebe Praktikantin,
wir freuen uns, dass du mit deiner Ausbildung so weit gekommen bist, und wünschen dir alles Gute für dein Examen. Wir sind überzeugt davon, dass du es mühelos bestehen wirst, vor allem, wenn wir deine bisherigen Fortschritte betrachten.
Wie du weißt, haben wir dich ja auch während deiner ganzen Ausbildung beurteilt und benotet. Hier sind die Noten für den praktischen Teil deiner Prüfung:
Gesamtpunktzahl: 90 Prozent
Es blieb uns leider nichts anderes übrig, als 10 Prozent von der maximal erreichbaren Punktzahl abzuziehen, weil du dich innerlich so sehr gegen das Heilen gewehrt hast. Dieser Widerstand war zwar, wie du später festgestellt hast, völlig unnötig, doch hat er dir deine Ausbildung erschwert. Aber da man nur 70 Prozent braucht, um das praktische Examen zu bestehen, liegst du weit über der Mindestpunktzahl. Wir haben dir die Note Eins gegeben. Herzlichen Glückwunsch!
Im Anhang findest du die Aufgaben für dein schriftliches Examen. Bitte lass dir Zeit und beantworte die Fragen so ausführlich wie nötig. Es gibt keinen Grund zur Eile. Sobald du fertig bist, schicke uns bitte das Formular

wieder zurück. Wir werden die Aufgaben benoten und dir das Ergebnis so schnell wie möglich mitteilen.
Wir wünschen dir viel Glück (falls du es brauchen solltest) und freuen uns darauf, dich später zu sehen.
Bis bald,
alles Liebe,
J.C., B. & K. xx
PS: Und vergiss nicht: Wirklich fähig ist nur derjenige, der sich für fähig hält!

Nachdem ich die Mail gelesen hatte, drehte ich mich zu meiner Barfüßigen Indianerin um, die jetzt neben mir stand, und rief aufgeregt: »Ich habe das praktische Examen bestanden! Ich habe 90 Prozent der Punkte erreicht!«

»Gut gemacht«, lobte sie mich und man merkte ihr an, dass sie sich genauso sehr über meinen Erfolg freute wie ich. »Ich wusste doch, dass du es schaffen würdest.«

Dann öffnete ich neugierig den Anhang der Mail. »Messias-Prüfungsaufgaben Stufe 1«, stand da.

»Was bedeutet Stufe 1?«, fragte ich die Barfüßige Indianerin.

»Mach dir darüber jetzt keine Gedanken. Das erkläre ich dir später, wenn du mit deinen Aufgaben fertig bist«, sagte sie.

»Okay«, antwortete ich. »Du bist der Boss.«

Sie zog sich einen Stuhl heran, um auch auf den Bildschirm schauen zu können.

»Bist du bereit?«, fragte sie.

»Ja. Wir können anfangen«, sagte ich.

Ich überflog die Aufgaben rasch, um mir einen Eindruck davon zu verschaffen, was da auf mich zukam. Die ersten Fragen kamen mir bekannt vor. Sie ähnelten den Fragen aus dem Bewerbungsformular, welches ich vor ein paar Monaten ausgefüllt hatte.

»Warum tauchen einige Fragen vom Bewerbungsformular wieder hier auf?«, fragte ich.

»Weil wir wissen möchten, ob und inwiefern deine Antworten sich in der Zwischenzeit verändert haben. Du wirst nämlich nicht nur für die Antworten selbst benotet, sondern auch für die Veränderungen.«

»Ach so«, sagte ich. »Ich glaube, wir sollten jetzt anfangen.«

Messias-Prüfungsaufgaben

Stufe 1

Bitte beantworte alle Fragen so ehrlich, wie du kannst!

TEIL 1

Bisherige Leistungen: Praktischen Prüfungsteil mit Note Eins bestanden

Glaubst du, dass das Leben besser sein könnte, als es ist? *Nein, es ist perfekt!*

Worin besteht der Sinn des Lebens? *Es gibt keinen. Das Leben entfaltet sich ständig weiter.*

Glaubst du an Gott? *Ich glaube an alles. Alles ist.*

Was hältst du von der Menschheit? *Die Menschen träumen.*

Was tätest du, wenn dich jemand um Hilfe bäte? *Ich würde ihn aufwecken.*

Wenn du irgendetwas für die Welt tun könntest – was wäre es? *Ich würde sie liebevoll in die Arme schließen.*

Fällst du Werturteile über andere Menschen? *Nein. Es gibt nichts zu beurteilen.*

Weißt du, wer & was alles Leben auf der Welt ermöglicht? *Ja. Die »universelle Energie«.*

Bist du ruhig, gelassen & still? *Immer.*

Kannst du Kranke heilen? *In Wirklichkeit gibt es keine Krankheit.*

Kannst du übers Wasser gehen? *Ja, aber noch nicht sehr weit. Bis jetzt ungefähr drei Schritte.*

Wenn 5000 Menschen etwas zu essen bräuchten – was würdest du tun? *Ich würde ihnen zu essen geben.*

Magst du deine Nachbarn? *Natürlich. Wieso sollte ich sie nicht mögen?*

Warum möchtest du diesen Job gern haben?

Ehrlich gesagt: Ich glaube nicht, dass es so einen Posten wie den eines Messias wirklich gibt. Ich würde mich niemals so bezeichnen. Von einem »Messias« sprechen die Menschen immer nur, wenn sie nichts begriffen haben. Sobald man das Wesen der »universellen Energie« voll und ganz erfasst hat, gibt es keinen Erlöser mehr. Dann gibt es einfach nur noch das, was ist.

TEIL 2

Bitte beschreibe das menschliche Leben in einer kurzen Analogie.

Das Leben ist wie ein Baum. Unsere Gedanken und Gefühle sind wie die Blätter dieses Baumes. Es spielt keine Rolle, wie viele Blätter der Baum hat oder wie fest sie an den Zweigen sitzen, denn irgendwann wirft der Baum sie ja doch ab. Und wenn das letzte Blatt abgefallen ist, steht der Baum immer noch da: Im kahlen Zustand zeigt sich sein wahres Wesen.

TEIL 3

Bitte zähle zehn Ratschläge auf, die du einem anderen Menschen mit auf den Weg geben würdest.

- *Wenn du nicht weißt, was du machen sollst – tue gar nichts.*
- *Wenn du die Wahl zwischen zwei Dingen hast – mache entweder gar nichts oder beides.*
- *Sei stets mutig.*
- *Dein Instinkt weiß immer alles am besten*
- *Verliere nie deine Integrität.*
- *Friede kommt von innen. Suche ihn nicht außerhalb.*
- *Mach dir keine Gedanken darüber, wie deine Mitmenschen dich behandeln. Denke lieber darüber nach, wie du sie behandelst.*
- *Rechne stets mit dem Unerwarteten.*

- *Sei wie der Wind – denke nicht darüber nach, wo du herkommst und wo du hingehst.*
- *Alles, was du denkst, wird eintreffen.*

TEIL 4

Bitte beantworte folgende Fragen:

1. Wenn du ein winzig kleines Sandkorn auseinandernähmst, was würdest du in seinem Inneren entdecken? *Das Leben*
2. Was hältst du in der Hand, wenn du nach einer Blume greifst? *Vollkommenheit*
3. Was siehst du, wenn du den Mond anschaust? *Unschuld*
4. Was spürst du, wenn du deine Hand in den Ozean streckst? *Reinheit*
5. Was siehst du, wenn du einen Vogel beobachtest? *Freiheit*
6. Was hörst du, wenn du Kindern beim Spielen zuhörst? *Gelächter*
7. Wie schmeckt es, Wasser aus einem Bach zu trinken? *Wie Nektar*
8. Was riechst du, wenn du an einer Rose schnupperst? *Ruhe*
9. Was siehst du, wenn du einen Sonnenuntergang beobachtest? *Stille*
10. Was hörst du, wenn du dem Wind lauschst? *Frieden*

Bitte erkläre, was all deine obigen Antworten miteinander gemeinsam haben.
Die »universelle Energie«, die in allem lebt und mit allem eins ist.

TEIL 5

Bitte denke dir eine Meditation aus
Meine Meditation der inneren Stille
Setz dich ruhig hin und schließe die Augen. Stell dir vor, dass du auf dem Rücken liegst und zum Himmel empor-

schaust. Der Himmel ist voller Wolken, die sich immer wieder vor die Sonne schieben. Jede Wolke steht für einen Gedanken oder ein Gefühl. Lass die Wolken einfach weiterziehen. Sie werden von Minute zu Minute weniger. Sobald nicht mehr so viele Wolken am Himmel sind, richtest du deine Aufmerksamkeit auf die Sonne. Und jedes Mal, wenn eine Wolke auftaucht, lässt du sie einfach vorüberziehen. Kümmere dich nicht um sie; sie wird ganz von allein wieder verschwinden. Halte deinen Blick auf die Sonne gerichtet und nimm ihr Licht und ihre Stille in dich auf. Lass die Sonne zu dir sprechen. Denk nicht darüber nach, was sie vielleicht sagen wird; hör einfach nur zu. Lausche dem Licht, ohne irgendetwas zu erwarten.

TEIL 6

Dieser Teil ist deine letzte praktische Aufgabe. Sie wird in der Hauptverwaltung stattfinden. Bitte warte auf weitere Anweisungen.

Damit ist die schriftliche Prüfung abgeschlossen.

Vielen Dank.

Bitte maile das Prüfungsformular zurück.

Wir werden dir das Ergebnis so bald wie möglich mitteilen.

Das war es also, mein Examen. Ich lehnte mich in meinem Schreibtischstuhl zurück, erleichtert, es endlich geschafft zu haben. Dann drehte ich mich zu der Barfüßigen Indianerin um.

»Das war ja eigentlich gar nicht so schlimm. Es war kürzer, als ich gedacht hatte.«

»Es hätte auch länger dauern können. Das habe ich dir ja gesagt. Mein Examen bestand aus fünfzehn Teilen!«, seufzte sie. »Bist du jetzt fertig? Willst du es abschicken?«

»Ja. Ich glaube, ich habe alle Fragen beantwortet«, sagte ich.

Optimistisch klickte ich auf Senden und beobachtete, wie die Mail im Äther verschwand.

»Was glaubst du, wie ich abgeschnitten habe?«, fragte ich.

»Ich bin sicher, du hast deine Sache sehr gut gemacht«, beruhigte sie mich.

»Meinst du, dass ich die Prüfung bestehe?«

»Soviel ich weiß, kann man gar nicht durchfallen«, sagte sie mit einem bedeutungsvollen Lächeln.

Ich schaltete den Computer aus. »Und was sollen wir jetzt tun?«, fragte ich.

»Wir lehnen uns erst mal eine Weile zurück und lassen ihnen Zeit, deine Prüfungsaufgaben zu benoten. Dann fahren wir zur Hauptverwaltung«, antwortete sie.

»Okay«, sagte ich. »Dann will ich mich jetzt erst mal ein bisschen von meinem Examen erholen.«

Wir kehrten ins Wohnzimmer zurück und ließen uns aufs Sofa fallen. Ich muss wohl eingenickt sein, denn plötzlich hörte ich, wie die Barfüßige Indianerin leise rief: »Aufwachen! Wir müssen jetzt gleich zur Hauptverwaltung.«

Ich zuckte zusammen und war hellwach.

»Soll ich etwas einstecken? Brauche ich für die letzte Prüfungsaufgabe noch irgendetwas?«

»Nur dich selbst«, sagte sie. »Aber du könntest dein Notizbuch mitnehmen.«

»Mein Notizbuch?«, fragte ich. »Warum?«

»Weil dein Eintrag noch nicht vollständig ist«, antwortete sie. »Vielleicht willst du ihn heute Abend fertigstellen.«

Diesmal fragte ich ausnahmsweise nicht, wie sie das meinte, denn sie schien ja immer über alles im Bilde zu sein. Also steckte ich wortlos Notizbuch und Kugelschreiber ein und wir machten uns auf den Weg.

Es war ein komisches Gefühl, nach all den vielen Monaten wieder in die Hauptverwaltung zu kommen. Jener Tag, an dem ich nervös das elegante Büro betreten hatte, schien unendlich weit zurückzuliegen. Das strahlende Licht und der leichte Jasminduft, der in der Luft hing, erinnerten mich an mein Vorstellungsgespräch. Stolz dachte ich daran, wie weit ich inzwischen gekommen war. Hier sah immer noch alles genauso aus, wie ich es in Erinnerung hatte – nur mit einem Unterschied: Das Büro war leer. Es war keine Menschenseele zu sehen. Wie seltsam, dachte ich, während wir auf den großen Besprechungstisch am hinteren Ende des Büros zusteuerten. Vielleicht sind alle schon nach Hause gegangen? Schließlich ist es schon spät.

»Wo sind denn deine Kollegen?«, fragte ich die Barfüßige Indianerin.

»Die kommen sicher gleich«, sagte sie. »Setz dich einfach hin und warte.«

Wir warteten und warteten, aber es kam niemand. Im Büro herrschte Totenstille. Nach einer Weile, die mir wie eine Ewigkeit vorkam, brach ich das Schweigen.

»Ich dachte, ich erfahre heute Abend meine Prüfungsergebnisse«, sagte ich.

»Nur Geduld«, beruhigte sie mich. »Warte einfach ab. Der richtige Zeitpunkt wird schon kommen.«

»Worauf warten wir hier eigentlich?«

»Wir warten darauf, dass du deine letzte Prüfungsaufgabe erledigst«, antwortete sie.

»Aber ich weiß doch noch gar nicht, was das für eine Aufgabe ist.«

»Das wirst du bald erfahren«, sagte sie wieder mit diesem bedeutungsschweren Lächeln.

»Kannst du es mir denn nicht sagen?«

»Nein, dazu brauchst du mich nicht. In Wirklichkeit kennst du die Aufgabe schon – und die Lösung auch. Du weißt es nur noch nicht«, sagte sie. »Sitz einfach ruhig da und warte.«

Ich befolgte ihren Ratschlag. Doch so lange ich auch wartete – es tat sich absolut nichts und ich hatte auch nicht den Eindruck, dass in absehbarer Zeit irgendetwas passieren würde. Schließlich stand ich auf.

»Ich muss aufs Klo«, sagte ich. »Darf ich?«

»Natürlich darfst du«, antwortete sie.

In Gedanken versunken schlenderte ich durch die Garderobe zur Gästetoilette. Ich konnte mir immer noch nicht vorstellen, was hier eigentlich vor sich ging und was von mir erwartet wurde. Meine Gedanken drehten sich im Kreis. Ich trat ans Waschbecken, um mir etwas kaltes Wasser ins Gesicht zu spritzen. Vielleicht würde ich dadurch einen klaren Kopf bekommen. Ich beugte mich über das Becken. Das Wasser war eiskalt, aber erfrischend. Ich tastete nach einem Papierhandtuch und rubbelte mir das Gesicht ab. Da geschah es.

Als ich mir das Gesicht abgetrocknet hatte und langsam wieder die Augen aufschlug, wurde mir bewusst, dass ich vor einem Spiegel stand – zum ersten Mal seit Beginn meiner Ausbildung. Ich betrachtete mich im Spiegel und konnte es kaum glauben: Von mir ging eine geradezu überirdische Schönheit aus, ein goldener Lichtschein durchflutete den Raum. Das Licht strömte aus mir heraus und umgab mich von allen Seiten. Ich sprühte vor Leben und leuchtete in allen Farben. Meine Augen waren klar wie Morgentau, und es lag eine unendliche Tiefe darin. Meine Haut war makellos und mein Lächeln strahlend wie das Sonnenlicht. Plötzlich waren mein Geist, mein Körper und meine Seele eins. Alles an mir bildete eine Einheit, es gab keine Trennung mehr. Ich war vollkommen. Ich blickte in das Gesicht des Göttlichen. Ich war alles, und alles war ich. Ich hätte bis in alle Ewigkeit versuchen können, das, was mir in diesem Augenblick klar wurde, in Worte zu fassen – und doch wäre es mir nicht gelungen.

Ehrfürchtig betrachtete ich mein Spiegelbild, während mir diese Erkenntnis in ihrer ganzen Tragweite bewusst wurde: Ich war die »universelle Energie«! Natürlich, das war die Antwort! Wie könnte ich etwas anderes sein als grenzenlos? Ich war eins mit allem, was lebte. Ich bin, was ich bin! Warum habe ich nur so lange gebraucht, um das zu begreifen? Ich muss blind gewesen sein. Da hörte ich, wie hinter mir die Tür aufging. Die Barfüßige Indianerin kam auf mich zu.

»Das bin ich, nicht wahr?«, fragte ich.

»Was bist du?«, fragte sie zurück.

»Ich bin das eine – das Einzige, was ich im Leben wissen muss!«

»Ja«, antwortete sie liebevoll. »Das bist du.«

»Das war also meine letzte Aufgabe!«, rief ich. »Danach habe ich mein ganzes Leben lang gesucht. Und dabei hatte ich es ständig bei mir: die ›universelle Energie‹, Gott, das Sein, Liebe, Licht, der Ursprung – wie auch immer ich es nannte, erst in diesem Augenblick wurde mir klar, dass ich das bin.«

Ich drehte mich zu ihr um. Sie schloss mich in die Arme, und ich sah, dass in ihren Augen Freudentränen schimmerten.

»Willkommen zu Hause«, flüsterte sie.

Wir hielten uns eine Weile wortlos in den Armen. Obwohl wir schwiegen, hörte ich in dieser Umarmung alles, was sie mir sagen wollte.

»Komm«, sagte sie, »die anderen warten schon auf dich. Sie wollen doch an deiner Examensparade teilnehmen.«

»Examensparade? Was ist denn das?«, fragte ich.

»Das ist bei uns so üblich. Jeder, der das Examen besteht, muss durchs ganze Büro defilieren, und dazu wird die Hauptverwaltungshymne gespielt«, erklärte sie.

»Hauptverwaltungshymne? Was ist das?«

»Das ist ein Lied, das wir zu unserer Hymne erklärt haben. Der Text beschreibt, wie man sich fühlt, wenn man die letzte Prüfungsaufgabe bestanden hat. Es ist ein Lied zur Feier des Ichs«, sagte sie.

Wir kehrten wieder ins Büro zurück und plötzlich herrschte dort reges Leben und Treiben. Ich war angenehm überrascht, die vielen vertrauten Gesichter wiederzusehen.

»Herzlichen Glückwunsch!«, sagte J.C. und kam auf mich zu. »Du hast die Prüfung bestanden!«

»Hast du etwas anderes erwartet?«, lachte ich.

»Natürlich nicht!«, sagte er. »Wie du inzwischen weißt, kann man bei dieser Prüfung ja gar nicht durchfallen. Und um noch ein kleines Sahnehäubchen draufzusetzen: Wir haben dir für dein schriftliches Examen eine Eins plus gegeben! Gut gemacht! Damit hast du deine Beförderung in der Tasche.«

Er wandte sich zu seinen Mitarbeitern um.

»Und jetzt ist es Zeit für unsere Parade!«

Ich erkannte die Melodie sofort.

»Das ist doch Barry Whites Song *You're the First, My Last, My Everything*!«, sagte ich zu der Barfüßigen Indianerin.

»Ja«, bestätigte sie. »Wir haben ihn nur ein bisschen verändert, damit er zu unserem Anlass passt.«

Die Mitarbeiter des Büros traten ein paar Schritte zurück, machten eine Gasse für mich frei, durch die ich feierlich an ihnen vorbeischreiten konnte, und stimmten in den Chor ein.

Ich defilierte im Rhythmus der Musik an ihnen vorbei. Inzwischen sangen alle mit. Jetzt verstand ich, warum sie diesen Song zu ihrer »Hauptverwaltungshymne« ernannt hatten: Der Text passte genau zu diesem Anlass.

Beim Instrumentalteil fingen alle an zu tanzen und schwenkten die Hände hin und her. Dann begannen sie wieder zu singen, voller Liebe und Mitgefühl. Jedes Wort des Liedtextes, den sie sangen, klang unglaublich aufrichtig.

Nach der Hymne fand eine Party zur Feier meines Examens statt. Es war ein wunderschönes Fest. Falls du jemals von sämtlichen spirituellen Führern, Propheten, Gurus, Weisen und Erleuchteten dieser Welt zu einer Party eingeladen werden solltest, lass dir die Chance nicht entgehen – es lohnt sich. Vor allem, sie im Rhythmus der Hymne tanzen zu sehen, ist ein unvergesslicher Anblick! Wir feierten die ganze Nacht hindurch. Der Mond schien durchs Fenster wie eine Fackel und irgendwie hatte ich das Gefühl, dass selbst sein silbernes Licht vor Freude tanzte.

Als die Sonne aufging, war unsere Party zu Ende. Mir fiel plötzlich etwas ein. Und ich suchte in der Menschenmenge nach meiner Barfüßigen Indianerin.

»Du hast vergessen, mir zu sagen, was die Bezeichnung ›Stufe 1‹ in meinem Prüfungszeugnis bedeutet«, erinnerte ich sie.

»Ach ja«, sagte sie. »In Stufe 1 erwirbt man das Grundwissen, also was und wer man ist – gewissermaßen die Basis, auf der alles andere aufbaut. Sobald man das geschafft hat, geht es mit Stufe 2 weiter.«

»Und was lernt man in Stufe 2?«

»Dort setzt man alles, was man in Stufe 1 gelernt hat, in die Praxis um. Man lebt, beweist und vervollkommnet es«, erklärte sie.

»Und wie macht man das?«

»Das kann jeder selbst entscheiden, doch die meisten Menschen gehen dazu in die Welt hinaus«, sagte sie und zeigte aus dem Fenster. »Das ist die beste Schule, um alles, was man weiß, unter Beweis zu stellen und sich darin zu vervollkommnen.«

»Wie viele Stufen gibt es denn?«

»Unendlich viele«, lächelte sie. »Aber Stufe 1 ist am schwierigsten und schmerzhaftesten.«

»Und bei welcher Stufe bist du inzwischen angelangt?«, fragte ich.

»Ich habe heute Abend Stufe 2 bestanden«, antwortete sie. »Danke, dass du mir erlaubt hast, dir zu zeigen, was ich alles weiß.«

Wir lächelten uns an.

Dann setzte ich mich an den langen Besprechungstisch und dachte über die Worte der Barfüßigen Indianerin nach. Ich überlegte gerade, wie ich Stufe 2 schaffen sollte, da unterbrach sie mich in meinen Gedanken.

»Jetzt musst du nur noch eines tun«, sagte sie.

»Was?«

»Deine Liste vervollständigen«, sagte sie und reichte mir Notizbuch und Kugelschreiber.

ICH

Meine Nase – perfekt!
Mein Kummer – unnötig
Mein Atem – lebendig
Meine Motive – trügerisch
Meine Taschen – leer
Mein Reichtum – unendlich
Meine Sicht – klar
Mein Geist – übervoll
Mein Herz – offen
Meine Ohren – scharf wie die eines Hundes
Mein Mund – geschlossen
Meine Werturteile – machtlos
Meine Lieblingsfrage – Wie meinst du das?
Meine Ansichten – einschränkend
Mein Hintern – tut weh!
Mein Gesicht – schön
Meine Gedanken – falsch
Meine Fähigkeiten – erstaunlich
Meine Füße – können übers Wasser gehen
Mein Zimmer – dreht sich!
Mein Gelächter – versiegt niemals
Meine Gespräche – wortlos
Mein Handeln – unglaublich
Meine Träume – Realität
Meine Realität – ein Traum
Meine Beine – tragen mich überallhin
Meine Hände – können nur geben
Meine Tränen – reinigen mich
Mein Körper – grenzenlos
Meine Gesundheit – Alles bestens
Meine Augen – sehen alles
Meine Identität – ein Irrtum
Mein Leben – göttlich
Meine Seele – ist Licht
Mein Geist – ist frei
Mein Ich – Ich bin
Meine Liste – komplett!

Als ich meinen Tagebucheintrag beendet hatte, trat J. C. zu mir.

»Ich weiß, es ist noch ein bisschen zu früh für diese Frage – aber hast du schon darüber nachgedacht, was du als Nächstes tun wirst oder wo du Stufe 2 absolvieren willst?«

»Ja«, sagte ich. Ich glaube, ich bleibe jetzt erst mal eine Weile hier bei euch.«

»Wie schön für uns«, sagte er. »Darf ich fragen, wie du zu diesem Entschluss gekommen bist?«

Ich nahm seine Hand und führte ihn ans Fenster.

»Ich nehme an, wenn ich eine Weile hier oben bleibe und die Welt da unten beobachte, wird garantiert irgendjemand zu uns hochschauen. Er wird das unwiderstehliche Bedürfnis haben, seinen Blick auf die Spitze dieses Hochhauses zu richten – direkt auf die ›Suite ohne Grenzen‹. Vielleicht wird dieser Mensch gar nicht wissen, warum er eigentlich da hinaufschaut, doch sobald er das tut, werde ich hinuntergehen und ihn holen. Und ich werde ihn hierher zu euch bringen, nach Hause.«

»Amen«, sagte J. C.

»Amen«, wiederholte ich.

Dann ging er fort und ließ mich allein am Fenster stehen, in den Anblick des Sonnenaufgangs versunken. Am Himmel war nicht das kleinste Wölkchen zu sehen. Ich sah den Sonnenaufgang nicht nur in seiner ganzen Herrlichkeit, sondern erlebte ihn mit jeder Faser meines Seins. Erst da begriff ich den wahren Sinn der Worte »ein Friede, der jedes Verständnis übersteigt«.

Ende
Doch eigentlich fängt die Geschichte jetzt erst an.